U0830099

遇见你，所以爱

刘霄 著

天津出版传媒集团
百花文艺出版社

图书在版编目（CIP）数据

遇见你，所以爱 / 刘霄著 . -- 天津：百花文艺出版社，2021.11
ISBN 978-7-5306-8087-2

Ⅰ. ①遇… Ⅱ. ①刘… Ⅲ. ①散文集—中国—当代
Ⅳ. ① I267

中国版本图书馆 CIP 数据核字（2021）第 167339 号

遇见你，所以爱
YUJIAN NI, SUOYI AI
刘霄　著

出 版 人：薛印胜
特约策划：凌　翔
责任编辑：李文静
插画绘制：刘昊彤
出版发行：百花文艺出版社
地址：天津市和平区西康路 35 号　　邮编：300051
电话传真：+86-22-23332651（发行部）
+86-22-23332656（总编室）
+86-22-23332478（邮购部）
网址：http://www.baihuawenyi.com
印刷：廊坊市海涛印刷有限公司
开本：710 毫米 ×1000 毫米　1/16
字数：210 千字
印张：15
版次：2022 年 1 月第 1 版
印次：2022 年 1 月第 1 次印刷
定价：66.00 元

如有印装质量问题，请与廊坊市海涛印刷有限公司联系调换
地址：河北省廊坊市安次区码头镇金官屯村
电话：（0316）2516002　邮编：065003

我是你儿子

平凹题

当代著名作家贾平凹先生为本书原书名题字

自　序

一

在我小的时候，母亲经常讲一句话，叫“老婆是个人家，孩子是个红火。”直到娶妻生子后，我对这句话才有了深入的体会。彼时，我已从家里那个扮演“红火”角色的孩子，成为看着儿子成为“红火”主角的父亲。

岁月就是这样，让一个个生命个体悄无声息地完成了角色转换，却不留一点儿痕迹。

儿子出生后，家里突然增添了无尽的乐趣。一个新生命的诞生，用声音与肢体语言表达着他对这个陌生世界的无限好奇，并毫不掩饰地展现着他的平静、忧伤或欢乐。你永远也猜不到，他的脑子里这一刻在琢磨什么，下一刻会琢磨什么。他会因一件小事而欢笑，也会因另一件小事而烦恼；他会在梦中发出“咯咯”的笑声，也会在梦里传出几声抽泣。

人们常感叹，“还是活在小时候好，无忧无虑”。其实这句话是不正确的，孩子们也有自己的欢乐与忧愁，否则他们就不会时而欢笑时而哭泣了。孩子与成人的区别仅在于，孩子欢笑时是在欢笑，哭泣时是在哭泣；而成人欢笑时可能不是在欢笑，哭泣时也可能不是在哭泣。

二

我儿子出生于 2012 年，今年已有 8 岁。

看着日益长大的儿子，我才觉得岁月真的只在一瞬间。

儿子的性格随了其母亲，内向文静，不多言不多动，不像我大大咧咧，没事时总爱和人开个玩笑。某年的一次体检中，医生说我的血型是 O 型血，后查阅相关资料发现，O 型血的人通常表现为外向型，于是我终于找到了一点儿安慰，原来是血型在作怪，和我本人无关。

儿子虽然不与不熟悉的人多言，但在家中时，从早晨醒来，到晚上睡去，他的嘴也没怎么停过，除非他正投入地进行某项专门的“工作”，比如拼装玩具车、看动画片、画画，或者正在专注地阅读一本书。

儿子出生后，每有成长上的一些变化，我们都会记录在笔记本上。等到儿子会说话后，在其同龄人范围内，他经常语出惊人。我和妻子觉得他在语言方面具有一定的天赋，所以当他再有经典语句“问世”时，我们必记录之。

但记录也不是太全面。有时候我因手头有事，或正在外面身边没有纸和笔，说好的要回去记录，结果一打岔就忘记了。儿子 5 岁以后，他说出口的一些经典语句，我们觉得他已“长大”，这些语句与他的年龄似乎也吻合，便不再记录了。现在想起来，非常遗憾，我们觉得儿子的“长大”，是相对于他两三岁时的“长大”，而并非真正意义上的长大。即便到了我写这本书时，他也才刚上小学一年级。

经典的语句终究是经典的，特别是放在那个特定的年龄段来看。就像经典的影片终究是经典的，放在那个特定的拍摄年代来看的话。

三

每当我翻开记录儿子成长的笔记本时，很多画面都历历在目，但有些画面已稍稍模糊，而另一些画面怎么也想不起来了。时间就是这样无情，记忆就是这样有缺憾。由此可见，“好记性不如烂笔头”这句话是非常正确的。

但无论记住也好，模糊也罢，忘记也罢，每次重温这些画面时，满满的全是温馨。

2014 年 12 月 19 日　儿子和我结束捉迷藏游戏后，勤快地拿起桌布把茶几、沙发、椅子、爬爬垫擦了一遍。在这些日子里，儿子迷上了小虾，每次吃虾时都会说：“菜菜不要，肉肉不要，就要虾。”

2014 年 12 月 22 日　儿子在小区里有三个很好的小伙伴，大家经常在一起玩耍。儿子心爱的玩具一般不轻易给其他小朋友玩，但这三个小朋友可以随便玩。

2015 年 2 月 12 日　儿子说：“小宇太搞笑了，爸爸也太搞笑了，小宇和爸爸都太搞笑了。”一口气居然说了三个“太搞笑了”。

2015年3月4日　儿子说："想喝奶了，怕放药药。"儿子感冒了，和他姥姥如是说。以往儿子每次感冒时，我们都会把药掺到奶粉里让他喝进去。

2015年4月9日　儿子说："姥姥和妈妈上班，让爸爸和小宇玩儿。"他想把姥姥和爸爸的角色互换一下，让上班的不去上班，不上班的去上班。

2015年8月28日　儿子说："妈妈不在，爸爸陪小宇；爸爸不在，妈妈陪小宇。"这是儿子的一个美好愿望，而现实是，很多时候是爸爸妈妈同时上班去了。只有一个时期，我和妻子轮流向单位请了假，在家照看儿子。

2015年8月29日　妻子从银川买回来了水彩笔，儿子边玩笔边吆喝着："卖笔了，卖笔了。"

2015年12月25日　一睁眼，儿子看到了枕边的圣诞节袜子，这是儿子出生后收到的第一份圣诞礼物。圣诞老人在袜子里送来了多米诺骨牌和一双小棉袜，儿子乐坏了。

2016年3月13日　从超市回来后，儿子帮我们提着一提卫生纸一口气从一楼走到了五楼。中途我们问他用不用帮忙，儿子说不用，然后一直坚持着自己提了上来，尽管整个过程他都很吃力。

2016年3月25日　儿子今晚帮妈妈铺被子，铺得整整齐齐，还说："我是妈妈的好助手。"

2016年3月26日　儿子依旧"停不下来"，继续帮妈妈干活。早上一起床，他就把所有被子都叠好了。这几天，儿子还坚持帮妈妈拖地，真是个勤快的好孩子。

2017年8月15日　5岁的儿子几天没有见到我，便对妻子说："妈妈，我想爸爸了。"妻子问："要不给爸爸打个电话吧？"儿子说："不要，我想见真的爸爸，我想回家，我还想我的玩具、想我的拼图、想和妈妈一起折纸。"

2017 年 8 月 27 日　儿子今天帮妈妈洗了碗，一共洗了 4 只，还用清水进行了冲洗。

2018 年 1 月 1 日　儿子说："我要成为像'动物兄弟'一样保护动物的科学家。"

四

有那么一天，我突然萌发了写一本记录儿子成长方面的书的念头，想着等他长大成人后，等我和妻子慢慢变老时，一起去回忆他成长过程中的点点滴滴，应当是一件幸福的事。于是，便有了这本书的创作初衷。

我将想法告诉妻子和儿子后，得到了两人的一致赞同。

在我闭门在家两个月后，这本书稿正式完结。

以上算是序。

刘霄

2020 年 3 月

目 录

通　知

一

早晨，我送儿子去幼儿园时，透过汽车的玻璃，发现天上出现了日晕现象，一轮彩虹模样的圆圈将整个太阳圈了起来，像一个色彩斑斓的光环。

我用手指了指，对儿子说："这叫日晕。"

儿子一脸的不屑："我知道，我在幼儿园学过。"

这家伙，你一旦告诉他一个你以为他不知道但他却真还知道的知识点时，就会表现出一副傲视群雄的样子，总以一句话来轻微回怼："我知道，我在幼儿园学过。"看来，他在幼儿园还真学了点知识。

上午时分，我正在审稿，突然接到了单位人事处的电话，说单位拟让我到 X 盟 K 旗 B 镇 C 村进行驻村扶贫，时间为 6 个月，问我个人意见如何。

我说："服从组织安排。"

不愿意和组织谈条件，是我这么多年养成的职业习惯。既然组织考虑你了，想必有其原因，服从安排即可。一"讨价还价"，就显得没意思了。

二

我赶紧在第一时间向妻子汇报了此事。

"你走了，我一个人怎么照顾孩子呀？"我刚把事情的来龙去脉说清楚，妻子便在惊叫声中问了第一句。

"克服一下困难吧，单位想让我去，我总不能拒绝吧？"

"为什么要让你下去扶贫？"

"这个我也不知道。"

"去什么地方扶贫？"

"X盟。"

"这么远，离家一千多千米！"

"嗯，是挺远。"

"那你多长时间能回一次家？"

"单位说一个月可以回一次家。"

"哦。"

妻子在电话那头不再言语，显然不怎么高兴。

结婚这么多年，妻子一般不当面驳我的面子，尽管她有时很不乐意。

"没有反对就是基本同意了。"我沾沾自喜地安慰着自己。

和妻子通话后，我静下心想了想，我走后，她一个人带孩子确实挺困难的。

按照幼儿园的作息时间，每天8点前就得把儿子送到幼儿园，下午5点半再从幼儿园把儿子接回来。而幼儿园离家有7千米，每天从家到幼儿园往返两趟，行程28千米。

儿子年龄尚小，每天去幼儿园就一个要求，希望我和妻子能同时接送他。

妻子在单位每天忙得不可开交，而且她的单位又比我的单位下班晚半个小时，她下班的时间和儿子放学的时间正好是同一个时间。所以，接儿子的事，基本由我来负责。儿子每天放学时，都会问一句："妈妈怎么没来接我？"

从出生后到上幼儿园期间，儿子大多数时间是缠着他妈妈玩，但还是很黏我。即便他是在和他妈妈玩，我也必须得在家中待着。一旦听说我要出去吃饭，他就一百个不乐意。我稍微晚一会儿回家，他就打过电话来，问我几点才能回来。如果只是问一问，也还好。关键是只要我不回家，他就不睡觉，一直等到困得睡着了为止。而他一旦睡得晚，第二天肯定就起得晚，起得晚，去幼儿园上学就有可能迟到，一迟到他就不敢进班级了，非要让他妈妈把他送进班级。鉴于这种由我外出吃饭而引发的连锁不良反应，我在应酬方面也努力加以克制，在饭局的数量上减掉了一大半。儿子电话打得多了，给我总结了一条——爸爸说话不算数，每次吃饭时都说"快结束了，快结束了"，结果每次都回来得很晚！

人在江湖，身不由己。大人的世界，小孩儿也许永远不会懂。当他到了懂得的那一天时，他已不再是小孩儿了。

这样想来，又觉得半年之久的驻村扶贫，确实可怜了儿子。

自古家国不能两全，莫非指的就是这个？

三

中午我开门进家时，妻子正在厨房做饭。听见我开门的声音，她也没回头，假装没有听见。以往我一开门，她都会扭过头和我打招呼，尽管也是在厨房做饭。

显然，她对我上午在电话中说的事情还没有完全释怀。

我也没有走进厨房去没话找话。有些事，需要冷却一下，给个缓冲的过程，这样效果会好一些。

我脱掉外套和外裤，换上睡衣，拿起乌龟缸旁边的胶皮吸管开始静静地吸着缸里乌龟们排出的粪便。

缸里原本有五只龟，都是儿子嚷嚷着买回来的，后来陆续死掉了两只小龟，只剩下了三只大龟。如果再往前推，其实缸里有八只龟，死掉了三只剩下了五只。但这些龟买回来之后，喂食、换水、吸粪、清洗这些事宜，儿子便不再过问。一次，我问他："你这些乌龟是给我买回来的吧？"他答："我只负责欣赏。"

妻子把饭菜盛上饭桌后，我又进一步和她说了一些驻村扶贫的细节，比如全年驻村工作时间不少于 200 天，如果家中实在有困难中途也可以向单位提出申请……

妻子沉默了半晌，说了一句："要去就要有始有终，中途怎么能回来呢？"

妻子终究是个通情达理的人。我心里也释怀了许多。突然感觉，我去扶贫，像是要"抛妻弃子"似的。

在吃饭过程中，我们又聊了很多。她说等夏天时，她周末可以带着儿子到我驻村的地方去看我。

我听了很感动。

四

妻子的思想工作基本上是做通了。接下来，是做儿子的工作了。

儿子年龄还小，如果按照和妻子的沟通方式，诸如组织、党性、觉悟、责任……多半是徒劳。沟通的场景都可以想到，如果我跟他说爸爸是党员，必须得服从组织的安排。儿子肯定会不解地问："爸爸，党员是什么？组织又是什么？"

所以我只能另想他法。具体是什么方法，我一时还没有想出来。

"要不我现在就告诉儿子吧？"我和妻子商量。

"别了，还是等你走的前一天告诉他吧。告诉得早了，他又要每天伤心了。"妻子说的时候眼圈有泪花在闪烁。

宣 布

一

2019年3月28日。

早上送儿子去幼儿园时，大雪纷飞。

儿子问："爸爸，春天了怎么还下雪？"

"虽然春天了，但气温还很低，所以还会下雪。"我解释说。

看着漫天飞舞的雪花，儿子很兴奋，说想在雪中骑一会儿滑板车。因小区路面不平，他想到报社院里去骑，报社院里全是柏油路。

妻子说今天汽车在小区里停着呢，不在报社院里，只能在小区里骑一会儿。儿子听后情绪很低落。前段时间小区通往幼儿园的一条路被围了起来，说是要修路，但围起来之后就没见修的动静，围而不修。如此一来，我们每天只能把车子停到报社院里，走另一条稍远的路。因距离稍稍有点远，儿子每天都会骑着滑板车从小区到报社院里，然后再坐车。昨天被围着的路终于解封了，妻子便将车子停在了小区里。

儿子还嘟囔着要骑滑板车到报社院里去，不听妻子的解释，开始哼哼唧唧。

我想了一个折中的办法，让儿子先骑着滑板车从小区出发，在已经解封的柏油路面上骑一会儿，我晚走几分钟，等开车追上他们时，大家一起坐车，这样他可以多骑几分钟。儿子表示同意。

儿子约莫骑了 10 多分钟后，我开车从后面追上了他们。儿子一脸的不高兴，说："爸爸讨厌，我还没骑够呢。"

二

在去往幼儿园的路上，儿子问我这是不是今年最后一场雪，我说有可能，已经到了这个时节，再下雪的概率已经不大了，而且去年整个冬季也没下几场雪。

儿子因没骑几分钟滑板车，就被我开车从后面追了上来，一路上很不高兴，嘟囔着还要在路上再骑一会儿，说现在不骑的话，等放学时雪就化成水了。

在离幼儿园门口还有 500 米的距离时，我问儿子要不要现在下来骑上一会儿滑板车，他说"行"。约莫 10 分钟后，妻子拿着滑板车返了回来，说儿子骑到半路就不骑了，不骑的原因是他看见了一位同班同学，有点不好意思。

这家伙，小小年纪就懂得要面子了。

三

上午单位召开了全员大会。

上级单位的相关领导悉数到场，按照会议流程，其中一项是宣布我驻村扶贫事宜的。因时间尚不久远，我还清晰地记着那些话：

> 根据社党委安排，决定选派刘二同志到X盟K旗B镇C村进行驻村扶贫，时间为半年。社党委选派刘二同志进行驻村扶贫，是综合考虑刘二同志的个人素质和业务能力做出的慎重决定。希望刘二同志在新的岗位上尽职尽责，再创佳绩。

宣布完毕后，会议室里响起了热烈的掌声。随后，上级领导做了讲话，既对我的既往工作进行了肯定，又对我的新工作寄予了期望。大意是说，在单位工作期间，刘二同志兢兢业业，对单位的发展做出了重要贡献，希望刘二同志在新的工作岗位上继续努力工作，不辱使命。

按照程序，我做了表态发言。我的发言很简短，简短到两分钟就说完了。在我发言完毕后，又是一阵热烈的掌声。

会议结束了。

四

没有不透风的墙。

上午刚刚宣布了我要驻村扶贫的事宜，中午我就接到了单位以外的各路信息，有向我确认是不是真有此事的，有诧异我为什么要“抛妻弃子”去那么一个不但贫困而且偏远的地方的，有跟我约时间说在我走之前要为我饯行的……

除去其他，饯行是实实在在进行了。

在我赴任的前几个晚上，基本是在饯行中度过的。

想想还有这么多人惦记着我，我心里掠过几许感动。想来我还是有一点儿人缘的。

五

按照之前预定的时间，4 月 2 日是要启程的。

但机关党委的同志说，近期直属机关工委有一个关于扶贫工作的会议，建议我参加一下，以便更好地领会上面有关扶贫的最新指示精神，而这个扶贫会议应当在近期的某一天召开。

自从宣布了我的新岗位后，我就等待着单位的通知，准备随时出发。

六

2019 年 4 月 3 日，晴，有风。

呼和浩特这个地方，如果有风的话，天空一般都是晴朗的，想不晴也不行。只要有雾霾或云层什么的，一股风吹来，所有物件都荡然无存，天空便只剩下了蓝色。这种蓝多少有点灰蓝的感觉，不是纯蓝，不像我小时候村庄上面的天空，没有一丝的污染，是瓦蓝瓦蓝的。不过，能在呼和浩特这样的城市看到灰蓝的天空已经算不错了，总比灰蒙蒙的雾霾天气强多了。人要知足，所以当看到蓝天，不管它是什么蓝，我们都应当窃喜才对。

上午我接到了机关党委的电话，说扶贫工作会议估计近期开不了，单位领导的意思是过了清明节就启程，让我看一下 8 日下午或 9 日上午飞往 X 盟的机票。我说我手机没有下载相关的购票软件，我让别人帮忙查一下，查后给他们发过去。对于一个一年基本不出差，或一年出不了一次差的人来说，下载相关软件，除了挤占手机内存、影响手机运行速度、泄露个人隐私外，我想不出这些软件还有其他什么作用。

我抽空赶紧到附近的商场转了一圈，买了一身运动衣加两双运动鞋。根据前期了解，我们的宿舍是在单位为帮扶村子投资兴建的木耳厂区里。单位帮扶的任务有好几项，主要一项是产业帮扶，即将报社投资兴建的木耳厂打理好。“打理好”，我理解有三层意思：一是种植好，二是管理好，三是销售好。综合评估后，我觉得穿上运动衣和运动鞋应当是最佳衣着搭配。

我好久不到商场购买衣服了，不去不知道，一去才知挣得少。多年以来，我养成了对衣着不太讲究的习惯，所以也很少自己买衣服，一般都是由妻子代为购买。我自己买的最多的东西是书籍和运动器械。在商场逛了一圈后，我发现一家店铺里的一款三件套运动衣样式不错，一看售价，我吓了一跳。我分明记得，前年也曾从网上买了一身运动衣，两件套的，打折后也就是几百元，还是大品牌的。这实体店的东西也太贵了。想想也是，同样的东西，实体店比网店额外多出了房租费、物业费、员工费、水电费等一系列费用。根据“羊毛出自羊身上”的定律，这些费用最终肯定都要转嫁到消费者身上，所以实体店的东西不贵才怪了。临走，售货员笑眯眯地来了一句：“这个价格就买了三件东西，真值！您挺会买东西的。”我不知道她是在夸奖我，还是在挖苦我，我不置可否地笑了笑。

回来的路上，我算了一下，加上鞋和其他一些日用品，一共消费了不少。我心想，这工作干的，额外花了这么多钱，这些费用原本是不需要支出的，这还不算到了扶贫点后其他需要支出的费用呢。

转念又一想，谁让自己同意去扶贫呢？汪国真那句很有名的诗句是怎么说的来着？既然选择了远方，便只顾风雨兼程。

这样一想，似乎所有问题又都迎刃而解了。于是，我拎着一堆东西，屁颠屁颠地坐着公交车回家去了。

拉动内需的感觉，真好！

清明小长假

一

想想节后就要启程，我在节前就给儿子规划了假日里的几个游玩去处。

在没有确定哪天要动身的时候，我觉得时间还是挺富裕的，一旦确定了动身的时间，时间就过得飞快了。

我屈指一数，在动身之前能陪儿子的时间也就那么几天了，又觉得时间真的很珍贵。

那是同学为我饯行的一个晚上，儿子听说我要出去吃饭，哭喊着不让我出去，要我继续陪着他玩。我解释说晚上是同学专门给我安排的饭局，我不去不太好；如果是同学请别人，我作陪的话，实在走不开的话就可以不去了。儿子听我说得似乎也有一定的道理，便做出了让步，让步的条件是他跟着我一起去，这是非常罕见的。若在平时，我想带着他一起出去吃饭，他是不会去的。但这次儿子的让步，也被我拒绝了。儿子要和我同去的目的并不是为了吃饭，而是要和我在一起。我拒绝儿子的理由有两个：一是别人请我吃饭，他跟着去不合适，等我请客时，一定带他；二是同学坐在那里尽说些不着边际的话，有些话少儿不宜。儿子似懂非懂地听着，不情愿地同意了。在和我挥手告别的时候，我从他眼神里读出了依旧想和我同去的渴望，尽管他再没有说出来，而是站在那里坚强地和我说着再见。

当晚九点多，我便接到了儿子的电话，问我几点回来，并说："爸爸，你已经连续好几个晚上没有陪我玩了。"

我赶紧加快了吃饭的速度，匆匆散了席。同学按惯例还想和我边走边聊一会儿，我说今天有事，不能走着回去了，咱们打车回去。

当我推门进家时，儿子激动地说："爸爸今天真的早回来了！"

二

清明小长假，一共放了三天。三天的假，只能用"小"来形容了。

鉴于三天的时间太短，只能在呼和浩特当地或周边转转，远的地方也去不了，不然一去一返，时间全花在了路上。

第一站选在了一个商场里。选在商场倒不是要准备购物，而是这个商场打造了一个蝴蝶城。没去蝴蝶城之前，整个微信朋友圈都是这个地方的广告，充满了神秘和期待。等我们去了之后才发现，这个地方小得可怜，里面的设计就像一个小型温室大棚，憋闷而不透气。每个进去的人要么持商场的购物小票，要么扫描二维码关注他们的公众号并成为会员。我们是直接去了这个蝴蝶城的，没有到下面的楼层购物，所以只能扫描他们的二维码并关注公众号了。关注公众号，现在已是极为普遍的商业手段了，基本达到了“泛滥”的地步。关注完公众号后，还需要注册会员，一环扣一环，环环紧扣。但既然来了，而且答应了儿子，总不能半途而废，于是我很不情愿地成了他们的会员。注册会员就得输入姓名和手机号，这也是当下公民个人隐私被大肆泄露的普遍现象。现在只要在手机上下载个软件，就得允许他们一堆权限，否则就无法使用。这些权限里，就包括了读取你的手机联系人、通话记录、照片等一些和软件功能毫不相关的东西。

在蝴蝶城门口，工作人员将一张折叠好的纸送到准备入场的每一位小朋友手里，纸里包着一只被压扁的蝴蝶。进入室内后，将纸打开，蝴蝶在调整一番后，挣扎着爬了起来，晃晃悠悠地向前上方飞去了。由于蝴蝶被长时间包在纸里，起飞时已不怎么活泛，像霜打过的茄子一样蔫儿。有的蝴蝶可能在纸里被包裹得时间太久，打开纸张时，已奄奄一息。在整个室内，随处可见已经死去的蝴蝶。一只蝴蝶沦落到被包裹在纸里，活着已无多大意义，所以等待它的也只有速朽。

约莫过了半个小时，我们便从里面出来了，实在没有什么再待下去的必要了。如果宣传得过了头，便只剩下名不副实了。

在商场的一处游乐设施里，儿子玩了很长时间，带着一头大汗，结束了当天的行程。

三

第二天我们是去一个非遗小镇参观。

之所以选择这个小镇，是因为在微信朋友圈看到有人发了一组这

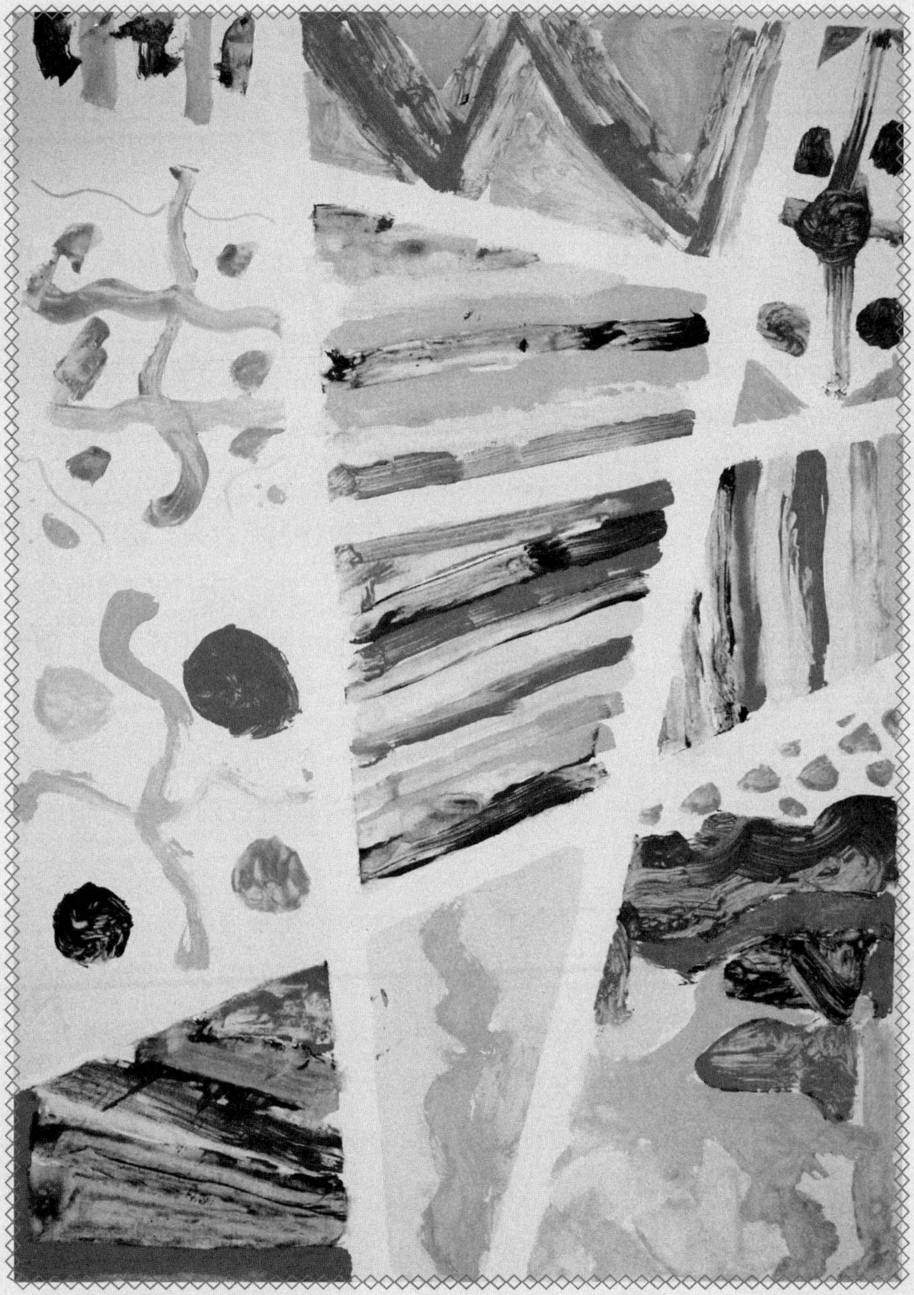

个小镇的照片，其中有一张湖泊的照片很吸引眼球。

到达小镇后，我问工作人员湖泊的具体位置在哪里，对方一阵发愣，说这里没有湖泊，我说在微信朋友圈明明看见了，而且显示的位置就在这里。工作人员沉思了片刻，说一定是上面的那个水库，我问还有多远，他说差不多还有 10 千米。

我本来想离开小镇，到那个水库去看看，妻子说既然来了，就进去转转吧。

我们刚要迈步进去，工作人员说需要买票。在售票处，标示着成人门票 48 元的醒目字样，儿童 1.2 米以上与成人同票。我让儿子往 1.2 米的画线处站了一下，赫然比画线部分高出了几厘米，这小子最近可真没少长个子。我正准备买票时，一名男子快速走了过来，说他手里有票，有点急事不能看了，3 张票给 50 元即可。真是天上掉馅饼的好事啊！在我向这名男子付费时，坐在窗口里面的售票员露出了一丝失落的眼神。

整个小镇模仿中华人民共和国成立后那个年代的农村面貌建成，陈列着当时人们使用过的物件，张贴着当时流行过的墙画，粉刷着当时的一些口号。

儿子对这些似乎都不感兴趣，唯独吸引他注意力的是一条人工挖掘的小河。他捡起小河边的一块石头，放在小河的中央，形成一道流水受阻、解阻、直流而下的小景观。小孩喜欢水，似乎具有普遍性。

在小镇的靠山脚处，有几处游乐设施，儿子挨个儿玩了一遍。当我接到一个快递员的电话，对方说有包裹需要领取时，儿子便知道他的拼装玩具车已经到了，因为从付款的那一天起，他就开始惦记着快递到达的时间了。儿子立马向我们宣布，他要回家取包裹了。

游玩的行程便结束了。

启　程

正式动身的时间已经确定了，是 4 月 9 日上午。我是在接到单位机关党委的电话后，获知上述信息的。

9 日上午 9 时 30 分，一架小型飞机准时起飞了。与我同机前往的还有单位其他三人，两位是报社领导，一位是机关党委的一位副处长。

选座位时，我特意挑选了一个机身中段靠窗户的位置。有人坐飞机时，喜欢选择过道一侧的座位，这样可以将腿伸到过道，缓解长时间弯曲膝盖带来的酸胀感。我喜欢靠近窗户的座位，这样可以随时近距离欣赏云下、云中、云上的另一番景象。每次看到厚厚的云海，以及云层之上的天外之天——那深蓝色的再无一丝浮云的干净天空，我就会想起传说中的三十三重天，我不知道，那一刻，我处在哪一重天。

在这个小型机舱内，以过道为界，左右各分列着两排座椅。我抬头看了看前面，座位上基本都坐满了人，只有头等舱的位置是空着的。我又回头看了看后面，后排那些座位上也基本坐满了人。

在我们一行四人中，其他三人的任务是把我送到扶贫点，同时到扶贫点调研、指导相关工作。送我这样一位小小的所谓的副处级干部上任，能出动这么高规格的送行队伍，说明单位对扶贫工作是非常重视的。为此，我深感敬意。

飞机在整个飞行过程中基本是平稳的，偶尔会出现几次颠簸。小飞机就是这样，晃晃悠悠的，不如大飞机平稳，所以花同样的钱，人们宁愿坐大飞机也不坐小飞机。但受航班及出行时间影响，不是想坐大飞机就能坐上的。小时候，我一直弄不明白，飞机怎么会在天空飞行而掉不下来，后来学习了相关知识，了解了升力与动力等词汇，马马虎虎算是明白了其运行原理。

飞机每颠簸一次，广播中便会出现播音员的解释声，说刚才受气流影响出现了颠簸，请大家不要担心。其实，担心又有何用？一个人一旦坐上了飞机，生命便不再由自己说了算，只能听天由命。好在飞机还算是一种比较安全的交通工具，大可不必过分担心。

在晃晃悠悠中，飞机到达了目的地——X 盟。

晚　餐

我们一行四人到达单位扶贫点所在的旗政府所在地时，已将近下午五点多，按照预定的行程，晚上用餐和住宿都在这里，明日一早到达单位扶贫点。

鉴于大家在天空和陆地上奔波了快一整天，都有点累，而离晚餐时间还有一点儿空隙，随行的同志建议我们先到房间休息一小会儿。

之后便是工作餐。

当我从卫生间出来进入雅间时，大家基本都坐好了，只剩下了两个空位置。同事向我招了招手，示意我和他挨着坐在一起。我往后拉了一下椅背，刚要入座时，一只男人的手突然以迅雷不及掩耳之势托住了我差一点儿就尘埃落定的屁股，一个声音从我背后传来："你坐旁边那个位置，这个位置有领导。"

我回头一看，是一位陌生人，我进来时他就站在门口，显然是负责接待的。他是啥时候站到我背后的，我没有发现。他说的领导，应当是他们地方上的领导，我们单位的领导我全认识，我还不至于没规矩到抢占领导的座位。

我尴尬地笑了笑。

因为是工作餐，没用多长时间，用餐就结束了。

有人提议到旗政府的广场上走几圈，于是大家便朝着广场走去。广场就在饭店的对面，跨过街就到了。全国各地的广场场景基本都差不多，有散步的，有跳广场舞的，有坐在椅子上聊天的。我们沿着广场走了一圈后，明显能感受到阵阵凉意。初春的季节，在位处东北的这个地方，温度还是偏低的。大家边走边聊了一会儿，便各自回到了宿舍。

回到房间后，我打开微信，和儿子开始视频聊天。儿子问这是不是我以后就要住的地方，我说不是，这是宾馆，明天就到住的地方了。儿子还是比较坚强的，没有出现我预想中哭泣的画面，尽管我出来已经整整一天。儿子平静地和我聊完了整个过程。以往儿子偶尔因调皮被我或妻子批评时，他也不会当着我们的面哭泣，而是背过脸去，偷偷流泪。

这次到1200千米之外的地方扶贫，他是非常不乐意让我去的，在我要到帮扶点的前几天，我告诉了他这个消息。之所以提前几天告诉了儿子，我是想让他有一个适应的过程。儿子听后嚷嚷着说："爸爸不能去！我不让爸爸去！"我说："单位派爸爸去了，爸爸也没办法。爸爸每个月还能回来，而且回来后还能集中好几天在家陪你，其实也挺好的。"这就是所谓的"哄小孩儿"。儿子希望的是我天天在家陪着他，每天都能见到我，而不是我消失20多天后，突然又回来待10天。儿子依旧是不情愿，好说歹说了几天并承诺给他买喜欢的玩具等等，他这才不像刚听到消息时那样闹得厉害。

我走的那天，与我挥手告别的时候，儿子低落的心情一览无余，但他还是坚强地没有掉眼泪。在我第二个月离开家到帮扶点上时，他便哭了起来。

木耳厂

帮扶点是个什么样子，我很期待一睹芳容。虽然在来之前，单位相关部门的同志已给我发了一些这里的照片，并进行了一番口头描述。但照片终归是照片，只是一个静态的定格。话语描述，也终归是他人口中的叙述。现实怎么样，还是眼见为实好。

一用过早餐，我们一行几人便驱车直奔帮扶点而来。约 20 多分钟后，我们来到了一个木耳厂。

同事说，这就是单位在帮扶点建立的帮扶产业。

通过一路上同事的介绍，我基本理清了一些关系，即单位的帮扶点是一个村子，相当于一对一的结对户，而这个木耳厂又是单位帮这个村子投资建立的帮扶产业。如果以 2016 年为界，单位之前对这个村子的帮扶主要是基础建设，如铺设水泥路、推倒土房盖砖房、打水井、建办公区、修建防洪渠、安装路灯等等；之后，单位便投资兴建了这个木耳厂，以产业帮扶的形式进行扶贫。

木耳厂在一条乡间水泥路的西侧，位于帮扶村子的北侧，离村子有一千多米，离镇里有十多千米，正好处于村子与镇之间。

一扇朝东开着的大门敞开着，两块两米多高的黄铜色牌匾立在大门两侧，上面用蒙汉两种语言分别书写着厂子的全称。

高约 1.5 米的砖墙将整个厂子围了起来，像是一处农家大院。院子西侧两排白蓝相间的彩钢活动板房非常抢眼，一共有十多个。院子中央是一处国旗台，在三层高的水泥台上立着三根旗杆，中间最高的一根上悬挂着一面国旗，其他两根光秃秃的，各自矗立在那里。院子北侧是一排砖混结构的平房。据随行的村干部介绍，平房内包含了数个平方米数大小不一的房间，其中涵盖了库房、监控室、厨房、餐厅、宿舍等。在平房的东侧，相隔十二三米且几乎与其处在一条线的位置上，立着一个旱厕。旱厕建在宿舍的正东方且二者的距离这么近，我还是头一次见。从建筑布局看，这显然是不合理的。同事指着这个旱厕对我说："以后你方便的时候可能不太方便。"事后也证实，习惯了楼里的卫生间后，突然又恢复到几十年前的原生态如厕，确实很不方便。夏天时，气味扑鼻，十里"芬芳"，如果东风吹来，只能门窗紧闭，与其熏死，不如闷死；冬天时，小便还能勉强，如若换作其他，蹲在坑上，两股战战，坑下寒风袭来，瑟瑟发抖，于是只求速战速决，能少蹲一分，决不多待一秒。如果遇上半夜如厕，漆黑的夜里，一个人蹲在坑上，头顶的彩钢、附近的铁皮不时制造出一点儿"吱吱呀呀"的声音来，整个人都神经兮兮的。不叫上一个陪同者出来壮胆，一个人都不敢如厕。问题是半夜三更的，谁愿意起来陪你如厕？所以，在这件事情上，要么硬着头皮自己去，要么厚着脸皮找人陪。

我们一行几人直接进入了那片蓝白相间的活动板房区域。随行人员介绍，这是摆放木耳菌棒的养菌室。在每一间养菌室里，都放置着三排铁架，每排铁架又有好几层，直达房子顶部。每一层铁架上都摆放着已经生产好的木耳菌棒，每一个菌棒都用塑料袋包裹着，严严实实。

技术人员在为我们介绍着今年木耳的生产情况，以及对生长态势的一个基本预判。

了解完基本情况后，单位领导在那排砖混结构的一间平房内召开了一个简短的会议，先期已经在厂区帮扶的另一位同事也参加了会议。会议的内容主要是对相关工作进行部署。

会议结束后，大家开始闲聊。

我溜达出屋子，站在厂子的院内，打量着四周的环境。厂区南面，是一大片空地，空地里有没有种植东西，在这个季节是看不出来的。空地南面是单位帮扶的村子，影影绰绰地显露着些许村貌，村子的南面是光秃秃的山丘。厂区西侧，是一大片庄稼地，远处是光秃秃的山丘。厂区北侧，也是一片庄稼地，远处也是光秃秃的山丘。厂区东侧，是一条水泥路，紧挨水泥路就是山坡，与山坡相连的，是一片相对矮一点儿的山丘。显然，这是一个被群山环绕的地方。看来这是一个修身养性的好地方。

同行中的几人见我在观察四周，可能怕我有失落感，于是你一言我一语不停地感叹着这里的空气新鲜、生态好、安静，仿佛他们都有点恋恋不舍、流连忘返了。然后，其中一人话锋一转，说我晚上没事的时候，正好搞点创作，也许半年之后又一部作品就问世了。我听了之后笑了笑。在这样条件艰苦的地方，大家除了语言上的安慰，还能做些什么？

用过午餐后，单位的领导和同事就该启程了。看着他们即将离去的身影，我心里掠过一丝忧伤。接下来的日子，我需要独自面对这四面环山的孤独了。

送走他们后，我回到了自己的房间。

在未到木耳厂之前，我对住宿条件有过一个简单的想象，即肯定不会太好，但也未必太差。别的不说，除了个人用品，其他生活设备应当是配备齐全的。但到了之后才发现，我想得有点乐观了。在这个不到 17 平方米的屋子里，除了一张床和床上的一套行李，什么都没有。这莫非就是刘禹锡口中的“陋室”？

村委会的领导见我将拉杆箱放进了这空荡荡的房间里，可能意识到这个空间里还缺点什么，赶紧从隔壁的房间里搬来一张办公桌、两张细长条桌、两把椅子、一台旧电视机、一个洗脸盆和一个洗脸盆架子。

临了，村委会的领导客气地说：“您看还需要什么物品，我们再配置。”

我说不用了，剩下的个人物品我自己买吧。

我开始对这个面积不大的房间进行卫生清理。

虽然从表面上看，这个房间基本上是干净的，但一旦深入下去，就会发现很多面上看不见的东西。

把床挪开后，下面居然是一层厚厚的尘土与毛絮。尘土是可以理解的，这种东西，只要长时间不住人，或即便住人但不经常打扫，就会出现。但毛絮这东西，就有点意思了，乍一看像羊毛，再一看不是羊毛。如何聚集了这么一大堆毛絮，确实有点费解，说明它至少经过了一段时间的积累。这东西是怎么形成的，我一直没有弄明白，但隐隐约约觉得它和衣服、被子、床单这些东西有关。

除了这些，更惊喜的东西出现了，在床头柜后面，居然是一个大大的蜘蛛网，两只腿细且长占地面积较大的蜘蛛正慌不择路地四处逃窜。

在用拖布拖了三遍后，地面基本算是干净了。

约莫过了一个小时，整个小屋已被我收拾得干干净净，基本达到了预期效果。

打开窗户，一股清新的山野之风飘了进来，这是城里没有的味道。

我打开了微信，和儿子开始视频聊天。

儿子好奇地看着我的“新居”，不时问这问那，显然，他对这个新的地方很感兴趣。透过窗户，我向儿子展示着这个厂子的整体面貌，并对一些建筑物进行着解释。妻子也在儿子的身旁一同观看着这个陌生的地方。聊天快结束时，儿子突然问我：“爸爸，你啥时候回来啊？”我说：“爸爸才刚来第二天，还得再待上一段时间，再过几天就回去了。”儿子又问：“再过几天是几天？”我说二十多天吧。儿子显然有点沮丧，眼里似乎有泪花闪烁，低声说道：“好吧。”

简单用过晚餐后，我就上床了。好在我睡眠质量还行，基本不受陌生环境的影响，于是很快就进入了梦乡。

第二天上午，我搭乘了一辆村委会进城的顺车进了城。

在城里一家规模较大的超市内，我一口气购买了洗衣盆、洗餐具盆、洗脚盆、洗衣粉、洗洁精、洗手液、衣架、裤架、垃圾桶、垃圾袋、手电、小剪刀、水果刀、碗、筷子、勺子等一堆生活必需品。

当把这些东西都摆放在屋内时，我感觉有了一点儿生活的气息。又一种新的生活拉开了帷幕。

入　村

从木耳厂出来，向南沿着一条白色的乡间水泥路走上不到二里地，就进入了单位帮扶的村子。

进入村子后，村里的路就变得弯弯曲曲了，路有好几条，没有一条是直的。我本来就属于路盲型的，看着这些拐弯抹角的路，有一种头晕眼花的感觉。

这是一个有着 300 多户人家、近 1200 口人的村子。

村子里每户人家的分布基本无规律可循，像是在一片空地上撒下一把豆子。但在房屋的朝向上，基本都是坐北朝南。每户人家的大门朝向又很有特色，有向南开的，有向东开的，有向西开的，有向东南开的，有向西南开的……有的人家除了正门外，还在其他位置留有小门。

在村子的中央，一处占地面积较大的院落盘踞在那里。这个地方就是村委会。

村委会的大门向南敞开着，紧挨大门的院内两侧，是各种体育器械。院落的正中央是国旗台，旗杆上悬挂着国旗。院落的最北面是一排建在六七层台阶上的平房，这是村委会办公的场所。如果有人进入院中，必须以仰望的姿势才能看到这排平房的全貌。

进入村委会办公区的走廊，墙上粘贴着“两委”与监督委员会班子的照片，照片下面对应着姓名与职务。第一书记、书记、村主任、监委主任、各委员按组织机构图的格式分层级排列着。村委会一些规章制度和重要文件也都在醒目的位置张贴着。

沿着走廊右转，是一个长长的过道，过道的左侧是窗户，透过窗户可以看到村委会的后院和紧邻后院的山坡。过道的右侧，是办公区。进入各个房间，里面该有的办公设备应有尽有，这与我印象中的村委会已大相径庭。

记忆中，我小时候的村子里只有一个村主任，没有书记。至于村委会，好像也没有。既然叫村委会，就得有这个委员、那个委员，但在村里，我们只知道村主任，而没有听说过各种头衔的委员。村委会都没有，村委会办公室就更没有了。乡里有事找村主任时，都是直接到了村主任家里，也只能到村主任家里。村里有重大事情需要开会时，经常会选择位于村中央供销社的东墙根儿下，这个地方避风。村主任在墙根儿下讲，村民围成一片听，场景仿佛像演讲，又像动员。有时，村里开会也会借用学校的教室。如果遇上星期一到星期五，学校白天上课，只能在晚上开会。当时村里没有通电，只能点煤油灯，连蜡烛都很少。于是，在一个教室内，黑压压地坐着一片人，在昏暗灯光的映衬下，闪烁着一张张干了一天活儿后疲惫且满是灰尘的脸。

几天后的星期一，在村里的“双书记”例会上，我正式以单位扶贫工作队队长的身份与大家见面了，一起参会的还有单位之前来的另一位同事。

在村支书向与会人员介绍完我的身份后，会场响起了较为热烈的掌声，因为参会的一共也就那么十几个人。

入　户

入户了解贫困户情况是扶贫工作队必须要做的一项工作，就像必须要抓好单位的帮扶产业一样。

在我到达帮扶点的一周内，到访了村里唯一的一户未脱贫贫困户。之前，在我的概念里，贫困户就是未脱贫的，脱贫的就不叫贫困户。等来了帮扶点后我才发现，贫困户居然还分三类，一是稳定脱贫户，二是正常脱贫户，三是未脱贫户。人间处处皆学问，活到老，学到老。

这户人家的整体院落和房屋，都与村里其他大多数人家形成了鲜明对比。

一圈皱皱巴巴的铁丝网以院墙的身份立在那里，将一处空旷的院子围了起来。而村子里大多数人家的院墙基本都是水泥面包裹着的砖结构，次一点是纯砖结构没有水泥面，最次的零星几户也是泥土墙。

除了院墙是铁丝网外，大门也是铁丝网。大门与院墙的唯一区别是，大门处的那一截铁丝网可以移动，充当着门的角色，供人、羊和车辆出入。如果不仔细瞅，根本看不出这一截铁丝网到底是门还是墙。

进入院内，一间40平方米的小房子映入眼帘。房子的外立面是水泥的本来色调，呈暗灰色，与村子里绝大部分房子的乳白色瓷砖外立面再次形成了反差。进入屋内，内墙面依旧是水泥本色，这种内外统一的格调，令人震惊。

屋子被中间一堵墙隔成了内外两间，里间住人，外间做饭。屋内的家具陈设与二十世纪七八十年代没什么两样，显得与这个时代格格不入，仿佛这一处怀旧风格人家的存在，是专供人们回忆那个特定的年代。家中唯一像样的一件东西是一个小火炉，是以前的驻村第一书记送的，而村子里其他绝大部分人家的取暖设备早已更新为小型锅炉。

在到该户人家的路上，村委会的干部向我大致介绍了他家的基本情况。男主人60多岁，年轻时是一名市级运动员，保持的400米短跑纪录，很多年一直没有人打破。除此之外，他还是一名博克手。结婚以后，他的妻子患上了精神类疾病，而他本人也是糖尿病和高血压缠身，夫妇两人都丧失了劳动能力。两人育有一女一子，女儿嫁到了外地，儿子也已成家，并另立了门户。

我们到达他家时，男主人正准备骑着一辆电动三轮车外出，见我们进来，又从车上跳了下来。

村委会的领导向我和男主人相互介绍了一下对方，我们握了握手。那是一只粗糙的手，像一把肉做的锉子，这是几乎所有干体力活儿的人的一个共同特征。

“生活上有什么困难吗？”我问。

“我这个房子漏雨，下雪后漏雪水。”男主人边说边用手指了指水泥本色的内墙面上那道雪水阴干后的痕迹。

“我们尽快帮你维修。”我说完后，男主人向我点头致谢，露出一脸的憨厚相。

在和男主人了解了一些生产生活方面的其他情况后，我们走出了院子。

我本想给男主人留下几百元钱，表示一点儿心意。但在来的路上，村委会的干部特别提醒我，不要给贫困户钱，不能让他们产生“等、靠、要”的思想。在离开的时候，我带着一丝遗憾和男主人挥手再见了。在之后的日子里，我经常到这户贫困户家中，试图力所能及地帮一点小忙。再之后，镇政府出资在他家的院内新建了一堵小院墙，并将房子的里屋更换了新门。这些都是后话。

在回去的路上，村委会的干部还在和我评说着男主人的生活，他们说，如果男主人的媳妇没有生病，如果……他们的生活就完全不是现在这个样子了。

命运就是这样，有时候会和人开一些玩笑，而有些玩笑的幅度开得有点大。

销　售

在对单位的帮扶产业有了一个整体的了解后，我开始着手研究产业帮扶中存在的一些问题。经过查阅资料、实地调研及与相关人员谈话，综合梳理分析后发现，销路不畅是现阶段主要问题，当前的主要工作是要将往年库存的木耳销售掉。

打开市场销路，从宏观途径讲，基本有两条：一是线上，二是线下。我决定先从线上开始。所谓线上，通俗地讲，就是利用好网络这个工具。而网络中最具传播力的，从当前看，莫过于微信。

于是，我从微信着手。

我拍了几张木耳的照片，发在了微信朋友圈，并配了一段文字："有需要木耳的和我联系，纯天然绿色无污染，扶贫产业，成本价出售"。

微信发出一分钟后，点赞与留言者云集。很多朋友纷纷表示要购买，有要 3 斤的，有要 5 斤的，有要 10 斤的，也有要 30 斤的，最狠

的一个哥们儿直接要了 200 斤，并留言道："不为别的，只为支持你的扶贫工作。"

看着这些数目不等的购买量，以及那些满怀温情的留言，我有点小小的感动，看来这几年还真交了一帮真心朋友。

真正的朋友，不是看你官有多大、钱有多少，而是在你需要帮忙时，他们会竭尽全力地帮助你，哪怕效果微不足道。

从早晨在微信朋友圈发出销售木耳的消息，到晚上睡觉前，一共预订出 500 多斤干木耳。效果非常好，我很满意。

在关灯休息之前，我和儿子又视频聊了一会儿。我给儿子讲了一个关于老鼠的真实故事，儿子听得很认真，显出了极大的兴趣，因为他从来没有见过真的老鼠。故事是这样的：一天晚上，当我准备关门休息时，一只体形不大的幼鼠突然从布衣柜下面走了出来，并从容不迫地试图从门缝下面钻出去。但鉴于门缝太窄，钻出失败，它又大摇大摆地返了回来，重新回到布衣柜下面。它是什么时候溜达进我的宿舍的，我居然没有发现。我赶紧找出手电朝布衣柜下面照去，它竟然淡定地看着我，没有一丝惧怕的意思，这让我刚才急急忙忙去寻找手电的动作显得多余而不淡定。幸亏那厮没有看到我这一系列动作，否则非嘲笑我不可。

儿子问："爸爸，老鼠现在在哪儿呢？我想看看。"

我说："被我打开门放走了，早跑得没影儿了。"

儿子又问："老鼠多可爱啊，爸爸你为什么不把它抓住养起来呢？"

我说："那玩意儿多恶心啊！"

儿子又说："老鼠还恶心了？"

我说："关键它还传播鼠疫。"

儿子听后不再说话了，似乎联想到了鼠疫的可怕。

在城里长大的孩子，对一些在农村司空见惯的动物也难得一见，比如牛、马、羊、猪、猫、蛇、兔子、老鼠，等等。每当儿子听说我在木耳厂区里又发现了一些其他动物时，他都想通过视频看一看。

再之后，我收养了一只“孤儿”小猫，儿子在视频另一端表现出了极大的喜爱之情，并一度想让我把它从 1200 千米之外带回去。当我在春节后返回木耳厂时，小猫已不见了踪影。因为新冠肺炎疫情，小猫与我分别了两个月之久。失去饮食保障的小猫，可能早已死掉了，也可能跟着其他的猫离开了，还有可能被人抱走了。我分析，它死掉的可能性更大。

那只猫也一度成为我和儿子在那段时期聊天的重要话题。

再之后，我与村委会开展了线下销售活动，通过多种渠道，当然，免不了朋友的帮忙，将库存的几千斤木耳全部销售掉了。

缘　起

一

最初几个月，我到这个离家 1200 多千米的帮扶点工作时，行走路线是这样的：先由妻子开车把我送到呼和浩特机场，我乘机飞往 X 盟政府所在地 W 市，然后在 W 市坐机场大巴到汽车站，再从汽车站坐长途客车到 K 旗，最后打车到达所帮扶的村子。从早晨 6 点多出门，到下午 4 点多，基本到达了。

四个月后，同事介绍说，还有一条路线，比上面那条路线可节省不少时间，具体为：先从呼和浩特机场飞往与 X 盟相邻的 T 市，再从 T 市机场打车到火车站，然后坐火车到达 K 旗，最后打车到达所帮扶的村子。

改换路线后，果然节省了不少时间，费用也降了不少。有时候，直行未必比绕道强到哪里去。曲线救国，有曲线救国的动人效果。

驻村扶贫工作队员全年驻村时间不少于200天。为了弄清楚这200天分配到每个月中应当是多少天，我借助了计算器。对于这么复杂的计算，心算基本派不上用场，尤其是对于我这样一个数学基础比较薄弱的人来说。计算器运行的结果显示，每个月的驻村时间为16.666天。鉴于多年养成的敬业精神，我主动延长了驻村时间，每个月实际驻村20天以上。

如此一来，每个月可供休息的时间便只剩下了10天。这短短的10天，成为我与家人相聚的宝贵时间。这10天的时间，儿子尤为珍惜。

人都是这样，不经历分别，就不知道相聚的可贵。

二

我从帮扶点回家的时候，妻子和儿子早早在机场等候着。那一天，正好是周末。这也是我帮扶首月的首次回家。

在接机的人群中，我一眼便瞅见了儿子。他站在机场大厅里那堵用来隔离出站人员和接站人员的玻璃围墙外，紧挨着妻子，向里张望着。

20天不见，我感觉儿子又长高了一些。

当他的眼神与我的眼神交汇时，他显得很腼腆，像是分别了多久似的。

我从妻子手里接过车钥匙后，朝家里驶去。儿子起初还有点拘谨，几分钟的适应后，便健谈起来，向我不停地介绍着家里新近发生的事：大乌龟又长大了一圈，二乌龟基本没有变化；他从湖里捞到一

条泥鳅，大约有 10 厘米长；鱼缸里的小鱼又死了几条……

三

回来休息的 10 天里，除了星期天，我担负起了接送儿子上下学和做饭的任务。在我驻村期间，每天早晨，妻子早早起来，把儿子的早餐做好，并在上班前把儿子送到学校，中午放学时由岳母把儿子接回来，下午接送儿子的任务依旧由岳母负责。

在我牵着儿子的小手送他去学校的路上，我不由得想起了国家的生育政策。

在那个人们渴望多生孩子的年代，国家出台了计划生育政策，严格控制生育数量。谁也没有想到，几十年之后，国家鼓励生二胎了。

不过，二胎政策放开后，人们愿意生二胎的热情似乎并不高，没有出现预期的生育潮，因为一个严酷的现实问题摆在了适龄生育者的面前：生育成本太高。对于一个夫妻两人同时上班的家庭来说，上幼儿园前谁帮忙看孩子，上小学后谁帮忙接送孩子，在房价如此高的情况下，孩子们结婚时工薪阶层如何买得起房子，这些都是很现实的问题。

儿子有时会朝着我和妻子说："再给我生个小妹妹吧，我想要个小妹妹。"我和妻子只能相视一笑，苦笑。儿子上幼儿园前的那段经历，使我们深深感觉到，二胎对于我们来说，也许永远只是一个梦。

四

我在家待的 10 天中，儿子每晚睡觉时都要和我盖一床双人被，这一动作彰显了他对我的亲切有加。之前，也就是我还没有驻村扶贫时，只有在周末，儿子才有可能和我盖一床双人被。而再之前，由于他年龄尚小，他都是和妈妈盖一床双人被。

在儿子的心里，两个人同盖一床双人被体现了关系“很铁”。

儿子另一个体现出和我关系“很铁”的举动，就是让我推掉了可去可不去的所有应酬。他一听到有人邀请我赴宴的电话，表情即刻痛苦起来，说：“爸爸你不能去！”紧接着他又是一句：“爸爸，你一个月有 20 天不在我身边，回来 10 天就不能陪陪我吗？”

我一听立马蔫了，心里一阵酸楚。在儿子最需要我陪伴他的时候，我真的有那么多非参加不可的重要应酬吗？再过几年，当儿子不再纠缠着让我陪伴他时，他离开我去独自生活的脚步还会远吗？而之后的新冠肺炎疫情告诉人们，没有什么非参加不可的应酬，一个人待在家里一个月、两个月，甚至更长时间，也是完全可以的。

于是，在休息的 10 天里，我推掉了所有的应酬。

一个人存在的价值，也许并不在于当了多大的官，发了多大的财，而是对别人做了多少有意义的事情，哪怕是仅仅陪伴了对方一个小时。

在短短的 10 天时间里，我思考了很多事情，并突然感觉到时间流逝的可怕。不用过多久，也许就在三五年后，儿子还会像现在一样黏着我们吗？

在我还没有得阿尔茨海默症之前，有必要将儿子生活中的点点滴滴记录下来。等他长大成人、娶妻生子后，与那时已是白发苍苍的我和妻子，一起重温他小时候的那些有趣画面，将会是另一番温馨。

这才是生活的意义。

出　生

一

2012 年 8 月末的一个日子，儿子在呼和浩特一家医院出生了，时间是在早晨。

当我从医院的食堂打回饭菜时，在楼道里遇见了岳母，她说妻子生产了，是个男孩儿。我心里一阵激动。

妻子已经被护士从产房推回到了病房，静静地躺在床上，一脸的欣慰，眼睛望着天花板在幸福地转动着。10 个月的艰辛怀胎，终于收获了果实。

在儿子出生的前段时间，小家伙的小脚和小手在妻子的肚子里不时伸展着，将妻子的肚皮顶起一个个小鼓包。用手一触摸，小家伙的小脚和小手便立即缩了回去，顶起来的鼓包也消失了，看来这小家伙的胆子还挺小。我们都期待着这个小生命的出生，这一刻终于到来了。

我赶紧跑到观察区看了一眼儿子。

一个身长不足 60 厘米的幼小生命躺在医院统一配备的小床里，身上裹着一床小棉被，闭着眼睛，没有哭，应当是刚才已经哭过了。护士在儿子的胳膊腕儿上系了一根绳圈，上面写着妻子的名字，防止抱错。当我在儿子的脑门上看到那个倒立的暗红色三角形印记时，一颗心彻底回到了肚子里，确认无误，没有抱错，因为妻子脑门上也有这样一个一模一样的印记。而此前关于护士抱错孩子新闻的阴影，瞬间消失得无影无踪。

时间往前推移几个小时。妻子突然感觉肚子疼，我们赶紧开车来到了医院，并第一时间电话通知了已经提前联系好此刻正在睡梦中的医生。

医生助产得多了，很有经验，问了一些妻子身体的具体情况后，说不急，从现在起要勤观察身体的变化，并告诉了一个专业术语，当身体出现她所说的那个专业术语的临界点时，再给她打电话。按照医生的要求，当我们给她打完最后一个电话时，她来到了医院。

期间，我从医院回了一趟家，取了一些妻子住院期间需要的生活用品。当从床下的柜子里翻找手提袋时，在一摞袋子中同时拽出了两个手提袋，一个是招商银行的，另一个是建设银行的，我停顿了一下，想起了民间关于男孩儿与女孩儿的比喻，于是毫不犹豫地选择了寓意男孩儿的建设银行，因为我比较喜欢男孩儿，尽管日后他娶妻生子时可能需要一大笔“建设”费用。

因儿子体重不到 6 斤，所以妻子整个生产过程很顺利，基本没费太多周折，又因是顺产，在医院连续住了 3 天后，就出院了。

在妻子被推进产房的前一刻，医院需要家属签字，而具有法律效力的签字人，居然是我。这一点有点颠覆以往我对“家属签字”的认识。我一直以为，比起配偶，父母更有优先权，而现实中的优先权，恰恰是配偶。

在那张需要家属签字的纸张上，罗列着各种可能出现的危险，一条比一条吓人，条条人命关天。而所有条款加起来基本可以概括为一个意思，即在生产过程中，如果出现任何不好的情况，与医院无关。顷刻间，我感觉到自己责任重大，但又使命光荣。同时也深深体会到，在这个庞大的医疗体系下，个体又是多么的弱小。我略显紧张地在纸张上写下了自己的名字。这么多年来，我签字无数，从未感觉到此时这两个字分量的沉重。

几天后，在办理出院手续时，我们在儿子小名一栏，郑重写下了两个字：小宇。

二

儿子的小名，在他出生之前，我和妻子就已经起好了。

鉴于我性格太直，脾气较大，而妻子性格温和，我和妻子说："希望以后咱们能生一个男孩儿，长相随我，性格随你。"

妻子表示同意。

当时我们都很年轻，天真地规划着一个未来生命的蓝图，感觉我们说了就好使似的。

在孩子的名字方面，妻子说小名就叫小宇吧，我表示同意。

一切规划完毕，只等一个新生命的诞生。

三

从年龄来看，我和妻子属于典型的晚婚晚育型。

毕业后，我和妻子的单位都还算可以，但鉴于双方家庭条件都很一般，属于标准的“底子薄，无积蓄，刚温饱”型，所以我们只能白手起家。而面对昂贵的房价，只能选择租房。

我和妻子都觉得，孩子出生时应当有一个属于自己的家，而不是在租住的房子里。

奋斗了几年后，终于有了一套属于自己的房子，却又一时无力装修。考虑到装修时甲醛、苯等有害气体对人体产生的危害，我们又商量，等装修后这些有害气体挥发得差不多时，再要孩子。这样一来二去，在要孩子一事上一拖再拖。本来孩子可以提前一年要的，但考虑到当年属相是兔，我对兔不怎么感冒，于是便选择了龙年。

在龙年秋收的季节，儿子出生了。那一年，我和妻子已到而立之年。

四

一次，我与一位在大学做教授的朋友在饭桌上聊天，无意间聊到了儿子，他问我儿子名字起好没有，我说有一个意向性名字，没有最终确定。朋友说他对《周易》中的五行之学有一定研究，而且在起名方面有一定的造诣，很多公司都在付费找他起名，如果我信得过他的话，他可以帮儿子起个名字，当然是免费的。我当即表示“信得过，信得过”。

几天后，朋友把起好的名字用手机发了过来。

在给儿子上户时，朋友起好的名字出现在了户口簿名字一栏里，上面是散发着油墨芬芳的三个方方正正的宋体字。

说　话

一

儿子出生的头一个月里，就说出一个“妈”字的音节来。这让我们惊讶不已。

看来这家伙的语言天赋应当不错。在之后的日子里，也证实了这一点。俗话说“三岁看大，七岁看老”，看来是有道理的。一个人长大后的情况，在其小时候就多少能看出点苗头来。

先叫一声“妈”，而非先叫一声“爸”，这也彰显了母爱的伟大。作为爸爸的我，对儿子先叫出了“妈”这个音，不持任何异议，觉得理所应当。

我一直坚定地认为，天底下最伟大的爱，莫过于母爱。这是从普遍性上说的。

在现实生活中，当有车祸或地震发生时，母亲都会奋不顾身地将身旁的孩子推到一边，或将孩子护在身下，自己去直面危险。

在考古发掘中，经常会发现一些母亲将孩子压在身下或搂在怀里的遗骸。由此可见，母爱的伟大，从古至今，不曾有变。

当然，父爱也是伟大的。

二

之后的几个月，儿子学会了“呵呵”大笑。

我觉得，与沉默不语相比，大笑，也是说话的一种方式。

儿子的笑也很有特点，当他坐在推车里时，如果有人逗他，他会仰起脖子，“呵呵”笑几声，眼睛一直注视着对方。当对方瞅着他没有下一步动作时，他却又主动“呵呵”笑几声，眼睛依旧注视着对方。有时真弄不明白，是对方在逗他，还是他在逗对方。

儿子出生四个月后的一天晚上，妻子正给他换衣服，他突然“呵呵呵”大笑了几声，天真的小脸像花儿一样绽放，他这突然一笑，把全家都逗乐了。

母亲经常讲“老婆是个人家，儿子是个红火。”还真是这么回事。

三

儿子出生六个月后的一天晚上，突然叫了一声“爸”，这是继在月子里叫了一声“妈”后，又一新称呼的诞生。我听得欣喜若狂，赶紧拿出笔记本记录了下来，这是多么重要的历史时刻啊！

四

再之后，一个字、两个字、三个字、四个字……从儿子那张小嘴中，陆续说了出来。

说话这东西，因每个生命个体不同，开始的时间也各不相同。我认识一个人，六岁时还不会说话，家里人都以为他是哑巴，在某一天的时候，他突然张嘴说话了，给一家人送来一个天大的惊喜。

五

受环境影响，我在上大学之前没有说过普通话。之前的说话、交流与学习全部用方言进行。在课堂上，老师用纯正的方言在“教”，学生用纯正的方言在“学”。所谓教学相长，用在这里也挺合适，只是滑稽了一些。

记得上高中时，一位语文老师经常会让学生用普通话来朗读课文，被叫起的学生如果不会说普通话，就会诚恳地说一句“我不会普通话”，老师也没辙，只能让其坐下。一次我也被老师叫了起来，同样以“我不会普通话”回应了老师，老师停顿了一下，感觉很无奈，说了一句“好，坐下”。我便心安理得地坐下了，感觉坐得还很潇洒。周围瞬间投来了羡慕的眼神，仿佛在说：“看，不会说普通话就是牛，连课文都不用念。”看着投来的那些眼神，我仿佛又英雄了许多。

大学毕业前，学校进行普通话测试，于是我抱着一本普通话教程书猛补发音。但测试结果出来后，我的成绩是“三级甲等”，合格线为“二级乙等”，我只能补考。当然，补考的不仅仅是我，内蒙古西部区的很多学生也需要补考。在补考的队伍里，我属于“佼佼者”，直接补考了两次，才勉强通过。

参加工作后，我又因普通话说得太差，丧失了一些很好的选择机会。

有时候我和一些外省市的人通电话，对方会非常客气地说："先生，麻烦您讲一下普通话。"我也非常客气地回答："不好意思，我现在讲的就是普通话。"

方言与普通话，成为我一生中刻骨铭心的记忆。

儿子出生后，必须讲普通话，这是我在心里对他的一个基本预期和硬性要求。事实上，这个考虑是多余的。由于成长环境的变化，儿子已没有了学说方言的语境。

在一些场合，每当听到一个小孩儿说着一口流利的方言时，我就会感到莫名的惊诧，继而想起自己的遭遇。

语言是思想的外壳，更是人际交流沟通的重要工具，你再有思想、有才华、有能力，对方听不懂，你能怎么办？

再之后，当儿子听到我不标准的发音时，他经常会替我纠正发音。但我多半已接近"朽木不可雕也"的态势，于是，儿子前脚刚纠正，后脚我又忘记了。

成　长

一

儿子出生后，每一个新动作的出现，都被我们视为其成长的一个标志。

出生第二天，儿子居然用嘴吸吮着细细的小手指，可爱至极。

又过几天，儿子又长新本事，用嘴咬右手，用右手揉眼，同时用左手提着自己的左裤脚。

又几天，躺在床上的儿子双手提着自己的两条裤脚，将两条腿悬在半空不动。同时额外又发明了一个动作，即用左手提起裤脚，右手伸过头顶。

两天后，儿子大姨送了他一个小摇铃，他一只小手一张一合地握着摇铃中间的部位，不时用力摇晃两下，动作流畅自如，表情配合得也很默契，还眯着眼睛微笑。有时，他也会把摇铃拿到眼前端详好一阵子。有时，因用力过猛，会将摇铃打向自己的脑袋，出于本能反应，他赶紧闭上了两只眼睛。整个过程萌态十足。

几天后，儿子又创造出两个动作，一是往外吐舌头，二是“唔唔”地发声。最逗的是，有时他在晚上会“呵呵”地笑个不止。他在笑什么呢？

九十多天时，儿子的本领已开始花样翻新。比如，用一只小手抓住另一只小手的手指，放于胸前，显得十分虔诚。同时，两只小脚有节奏地、用力地踢着悬挂在横杆上的小摇铃，眼角的余光在悄悄看着坐在一旁的我。我和儿子进行着友好的互动，只要他踢得准而有力，我就会表扬一句“好棒”，儿子便会更加用力地踢，还不时向我送来一个迷人的微笑。

“过百岁”那天，儿子对着相机“呵呵”笑了几声。晚上，我发现他把右手放进了嘴里。至此，他的两个小手可以同时放进嘴里了。

五个月时，儿子学会了翻身。一旦掌握了翻身的要领，他便一次比一次翻得利索，并乐此不疲。对于儿子来说，比起其他的小型动作，翻身这样的大型动作可能更具挑战性和娱乐性。

六个月时，儿子坐立了起来，并学会了自己拿奶壶。这段时间，他会经常把他姥姥的老花镜拽下，看来他对这副老花镜很感兴趣。

当新年的钟声敲响时，儿子迎来了他出生后的第一个新年。屋外已是鞭炮连天，起先儿子听得有点害怕，后来便在鞭炮声中呼呼大睡了。

二

儿子 6 个月大的时候，有一天中午妻子给儿子洗澡时，他显得很高兴，用两只小手不停地拍打着澡盆里的水，发出“哗哗”的声音。他对水的喜爱，从这时便显现了出来。在之后的日子里，他一看到雨水、河水、湖水、海水便高兴得不得了。有时还会接上自来水，借用盆子、水枪、喷壶在室内独孤求败地寻找着喷射的目标。

过了几天，儿子在翻身方面的功夫又进步了一大截，可以一用力就翻转 180°，并直接爬了起来。再之后，儿子便学会了爬行，可以随心所欲地行动了。至此，儿子终于可以离开那个一直躺在上面的小褥子了。

儿子 14 个月的时候，学会了走路，虽然走起来摇摇晃晃，有时还需要他人的帮助，但毕竟可以直立行走了。

在这之前，为了让儿子尽快学会走路，我们让他借助了幼儿学步车。儿子在车子里面跌跌撞撞、晃晃悠悠、深一脚浅一脚地行走着，由于惯性，有时是他带着车子走，有时是车子带着他走，整个过程像一阵风，“嗖”地过来了，“嗖”地又过去了。

三

儿子一岁零四个月时，开始正式断奶。在断奶之前，我们预想了可能出现的各种场景，其中就包括了儿子的哭喊、打闹。但现实情况恰恰相反，儿子表现得非常坚强，由岳母带着在他大姨家住了三四天，期间和他小姐姐一直在玩儿，居然一声都没有哭。就这样，儿子异常顺利地一次性断奶成功了。

断奶之后，儿子便喝起了奶粉，这一喝便一发不可收拾，一直喝到了六岁。按照商家的说法，奶粉里添加有各种微量元素，我们便一直鼓励儿子喝下去。

光喝奶粉显然是不行的，妻子买回来各种口味不同的蔬菜水果泥，但儿子似乎对这些不怎么感冒。于是，最后回到了奶粉与饭菜混搭的局面。

在儿子还在喝奶粉的那段时间，每到晚上睡觉前，他都要喝一小壶奶粉。鉴于年纪尚小，儿子还不会操作挖奶粉、倒开水、用筷子搅拌这个完整的流程，只能由我们来完成。有时，我们刚钻进被子里，他就会来一句："我想喝奶粉。"冬季天气较冷，谁也不想钻出被窝，妻子就和我玩起了"大懒支使二懒"的游戏。妻子说："让你爸爸帮你倒。"我回敬道："让你妈妈帮你倒。"躺在床中间的儿子便当起了裁判，他嘴里念念有词："点兵点将，就是你。"然后指头点到谁，谁就去倒奶粉。被儿子点到后，谁也不能再偷懒，只能乖乖地去完成任务。

喝了几年奶粉后，突然有一天，儿子便不再喝了，改为了牛奶。在晚上睡觉前，他如果想喝需要加热后的牛奶时，就会直接提问："请问，谁给我倒奶呀？请举手。"

为此，他还编了一句挺经典的台词，内容为："爸爸是倒奶的主人公，小宇是喝奶的主人公，妈妈是买奶的主人公。"

四

除了身体的生长发育，儿子的行为举止也体现着他在一天天地成长。

儿子两岁零三个多月时，一天早晨，他正在用我的手机听儿歌。上班时间到了，我问儿子："给爸爸手机不？"我这句话的意思其实是，如果他想听儿歌的话，可以继续听，我就不带手机了，很多人都知道我办公室的固定电话号码，半天不拿手机也没什么大不了的。儿子痛快地说道："给了。"他的回答超出了我的想象。我又试探着问："要不把爸爸手机留下听歌曲吧？"儿子又说："爸爸拿走吧。"说罢，儿子从茶几下面取出一个小风琴自己玩了起来，并和我说："爸爸上班吧。"从儿子的神色和表情看，显然他还想用我的手机再听一会儿歌曲，但可能觉得这个手机我每天都带在身上，不带是不行的，于是做出了一个超出他这个年龄段的决定。我不知道那一刻他心里是一种什么样的感受，我的心里很不好受。

五

在 8 岁之前，儿子在家里一直是光着脚丫走路的，虽然家里有妻子专门给他买的两双拖鞋。

因家里安装的是地暖，在供暖期内，脚丫子踩在上面，也是热乎乎的。所以在整个供暖期内，屋子里到处回荡着儿子脚丫子与地板发出的碰撞声。等停暖后，儿子依旧喜欢行走在地面上。我最初以为是他习惯了冬季的行走，在其他季节一时改不过来。但后来又想，也许儿子真是喜欢在凉爽的地面上行走，因为小孩儿阳气重、火力壮。这方面一个有力的佐证是，儿子睡觉时很少盖被子，不管春夏秋冬。而同处一室的我，如果不盖被子，夜晚就会冷得睡不着，不但睡不着，还会咳嗽。儿子不盖被子不但睡得很舒服，还不咳嗽。如果我们替他盖上被子，他会嚷嚷着喊热，即便在睡梦中也会一脚把被子踹飞。

母亲常说，当小孩儿自己知道冷暖时，就证明长大了。

上小学一年级后，我觉得儿子真的长大了，因为他自己知道冷暖了。

有时我开窗户时间久了，儿子会说：“爸爸，关住吧，有点冷。”在这之前，开关窗户的事，他从来不会问津，感觉不受温度影响似的。

现在儿子依旧不怎么喜欢穿着拖鞋行走，但至少在脚上穿着袜子了。我觉得，这也是一个进步。

六

儿子不喜欢睡觉，尤其是午休。

这一点恰恰与我相反。如果让我在午休与午餐中选择一项，我宁愿不吃饭也要睡一觉。多年养成的午休习惯，让我对午休形成了极大的依赖性，如果中午没有睡成，或是没有睡着，整个下午都昏昏沉沉，难受得很，像是喝多了酒，即便到了晚上，依旧缓不过劲儿来。

儿子则经常发出这样的感慨：“要是中午能不睡觉，那该多好啊！”因为在中午时，我们都会让他睡觉。

于是，“中午不睡觉”成为儿子仅次于“妈妈不上班”的又一大心愿。中午不睡觉，他可以接着玩儿；妈妈不上班，可以陪着他玩儿。在儿子的心中，玩儿是第一位的。

一次，妻子逗三岁的儿子说：“妈妈想和小宇玩儿呢。”儿子一本正经冷幽默式地回答道：“小宇到点了，小宇上班去呀，不和你玩了。”听后，心里掠过一丝酸楚。妻子上班后，儿子是在一种什么样的心情下度过每一天的，只有他自己知道。

除了对午休的明显排斥外，儿子对晚上的睡觉也不怎么情愿。即便关灯后躺在床上，他的嘴巴也没有停下来的意思。在哈欠连天与我们再三催促下，他也不会主动去睡。每次的瞬间睡着，都是在他硬撑到极限时被动实现的。

七

儿子因性格内向又天性善良，从不去主动推搡或挑衅别的孩子。即便遇到别的孩子的攻击，也从不去还手。为此，让我训斥过几次，但无济于事。

儿子三岁零七个月时，一次和他表姐一起到科技馆玩耍，这也是儿子在室内玩得比较开心的一天。在玩蹦蹦床时，几个比他年龄略大的孩子不停地故意推搡着他，忍耐了好一阵子后，儿子终于发出了几声“呐喊”：“停！停！太过分了！自不量力！”

儿子“呐喊”时，脸并没有朝着这几个孩子，而是朝向了一旁。我不知道儿子是不敢直面这些孩子，还是不屑于直面。但那几个孩子立即老实了，蹦蹦跳跳地朝着其他地方去了。

儿子的几声“呐喊”，让我对他有了一个全新的认识。我一直以为他是个胆小的孩子，但通过这次的表现，儿子比我想象中要勇敢得多，看来这也印证了儿子常和我们说的那句话“我是不想理他们”。

八

妻子在笔记本上记录了一段我扶贫期间，儿子的成长历程。

儿子的心理成长了。爸爸去X盟扶贫，虽然每次走时儿子都恋恋不舍，但儿子特别理解爸爸，很珍惜每月同爸爸共处的短短10天。这对儿子来说是一段宝贵的成长经历。儿子想念爸爸的心情都放在了心里，有时会写在纸上，放进送给爸爸的圣诞袜中，只是会时不时问妈妈："爸爸还有几天回来？"得到答复后，儿子就默默点点头，像个男子汉一样。今天儿子还和妈妈一起为爸爸选了新年外套，说："这件很适合爸爸，挺帅的。"希望爸爸能喜欢，穿在身上，暖在心里。

九

在新冠肺炎疫情期间，因不能第一时间返回扶贫岗位，我和儿子有了一段难得的相处时间。

每天早晨起来，儿子做的第一件事情就是完成老师在网上布置的作业，第二件事情就是要求我和他一起漱口洗脸。

于是，在卫生间的镜子里，出现了我俩并排站在一起同步漱口的场景，以及儿子与我差距越来越小的身高。

不出几年，儿子的个子就会追上我，并最终超越我。

争　夺

一

儿子小的时候，和他玩耍最多的伙伴就是他大姨家的姑娘，即比他大半年的表姐。儿子不叫“表姐”，一直都亲切地称为“姐姐”。我和儿子交流时如果提到他表姐，习惯在他表姐的名字后面加个“姐姐”，即“××× 姐姐”。在文章中，我一般称为“小姐姐”。

由于他们两人在同一年出生，中间只差了 6 个月，所以能玩到一起。所谓“没有代沟”，大约指的就是这个意思。

儿子和小姐姐在一起玩耍的时间里，和谐是主基调。两个小家伙基本每个周末都会见面，有时一周不见，儿子就会问：“姐姐哪儿去了？”再见面时，两人还显得很激动。

但两人偶尔也会因一个玩具而起争执。这一点和世界格局基本相似，即和平与发展依旧是当今时代的主题，偶尔在一些地区或国家间会发生点纷争。

二

儿子学会坐立还不是太久的时候，一次，他小姐姐来家里做客。因都想玩他的一个新玩具，两人几乎同时抓住了玩具的一端，各自用力，互不相让。几番拉锯后，玩具被他小姐姐夺走了。对小孩儿而言，早出生半年，在行动的敏捷度和力气上都是占有优势的，性别反倒并不怎么明显。在儿子 3 岁以前，但凡硬抢玩具，基本都以小姐姐的胜利而告终。

这一次玩具被抢走后，儿子居然没有哭，也看不出他有继续抢夺的意思，而是若无其事地玩起了其他玩具。我们一直在旁边观看着两个小家伙刚才的争夺过程。小孩儿之间的玩耍、争夺，只要没打起来，我们一般都不去介入，最多是给个建议。坐在一旁的岳母对他小姐姐说："别抢你弟弟的玩具，给弟弟玩一会儿。"小孩儿对于大人的这种劝说，能理会的基本不多，所以他小姐姐依旧在玩着刚到手的玩具，没有让出来的意思。

就在他小姐姐还沉浸在欣赏、摆弄玩具之中时，儿子突然身子前倾，一把将玩具抢了过来。整个过程，又快又准。这一动作，一下子把我们全逗乐了。

三

在儿子 3 岁多的时候，他和小姐姐直接凭借体力去硬抢玩具的局面基本看不见了，两人争夺的方式变为了语言交流。

一次，我正坐在他们旁边，听到一段精彩对话。

他小姐姐："你不给我玩玩具，你去我家时我不给你吃饭。"

儿子："我才不吃你的饭呢。"

还有一次，两人依旧以对话的形式在进行着。

他小姐姐："你不给我玩玩具，我以后就不和你玩了。"

儿子："不玩就不玩。"

但大多数时候，儿子会妥协。

儿子是独生子，他小姐姐还有一个妹妹，小姐姐不和弟弟玩时，还可以回去和妹妹玩。而小姐姐如果回去后，弟弟在家里时，便没有小朋友可以和他玩了。这就是一胎的弊端。所以，在儿子一个人玩耍时，经常会和妻子说"妈妈，再给我生个妹妹吧。"身边的一些人也经常建议我们趁年轻再生上一个孩子，但现实让我们闻"二胎"而尴尬。

所以当他小姐姐一说"你不给我玩玩具，我以后就不和你玩了"时，儿子虽然嘴上挺硬，但在心里还是掂量了这句话的分量，停顿上一会儿，会主动把玩具递给小姐姐。这句话，在较长的一段时间内，一直具有强大的震慑力，也成为小姐姐的撒手锏。

四

儿子如果和他小姐姐玩得闹别扭了，也不会有任何过激的语言，只是平静地和我们说："把姐姐送回大姨家吧。"

再之后，两人都 6 岁多的时候，一改先前的风格，均学会了分享。谁买回来什么新的玩具时，就会打电话给对方，相约周末见面时一起玩儿。

这就是成长。

内　疚

一

儿子两岁左右时，一次我们顺路把一个亲戚从老家捎回到呼和浩特。亲戚切了一盘水果来招呼我们。儿子拿了一小块苹果，然后准备伸手去拿另一小块苹果时，我见状立即训了他一句："你吃一块就行了，拿两块干啥呀？"儿子"哇"地哭了出来。彼时，他拿着另一小块苹果的小手正向我递来，他是给我拿另一块的。在我话音落地的瞬间，我看到儿子那只小手在半空中稍稍停顿了一下。对于一个还不能够用语言来完整表达自己思想的孩子，受了委屈，哭，也许是他唯一的选择。

我赶紧向儿子道歉："爸爸错怪你了，爸爸以为你要吃一块拿一块呢。"

儿子好一会儿才停止了抽泣。

一旁的妻子责怪我："你看也不看孩子在干啥，上去就说！"

若干年后，在我翻看记录儿子成长的笔记本时，儿子当时一些非常经典和有趣的语言，以及一些有意义的事情，在我的记忆中，有的已印象模糊，有的已记不起来了，但唯独这件事，我一直记在心里，无法忘记。家长对做错事的孩子可以进行教育或批评，但误解孩子就不好了。

我们小时候调皮捣蛋时，经常会被父亲打骂，打是真打，骂也是真骂。作为那个时代的教育方式，打骂具有普遍性，而且达成了社会共识，没有人持有异议。而且家长也会将这种家庭教育理念照会给老师，说："这小子不听话的话，替我狠狠揍他。"所以，在那个时代，老师也打骂学生，打也是真打，骂也是真骂，都是寻常的事。

随着教育理念的变化，现在打骂孩子与学生已不再被提倡。但凡事都有利有弊，现在孩子们的心理承受能力也随之下降了，稍微受一点儿委屈或挫折就想不开受不了了，所以自残、自杀之类的新闻会时不时见诸报端。这在我们那个年代是不可思议的事情。如果被老师或家长打骂后，转眼就忘记得一干二净了，因为被打骂的次数多了，也就习惯了，觉得这不过是一件很平常的事情，没什么大不了的。所以我们那一代也是抗打击能力很强的一代。皮糙肉厚，没脸没皮，有时也是有好处的。

虽然我们是被打骂出来的一代，但我和妻子不提倡打骂孩子。所以，儿子长这么大，我们从来没有动过他一指头。当然，比起同龄的男孩子，儿子实在是太听话了，我们没有理由去动人家一指头，如果动的话，就有"寻衅滋事"的嫌疑了。

二

2020 年，受新冠肺炎疫情影响，学校都延迟了开学，我到帮扶点的时间也被推迟。

一天在家中帮儿子录制语文作业——朗诵《三字经》时，我和儿子的意见发生了冲突。我觉得他朗诵得还不太顺畅，等顺畅以后再录制，儿子觉得他朗诵得已经差不多了，让我帮他录制一次。就是否立即录制的问题，我们互不相让。到最后，两人的语言越来越短，我说“不录”，他说“录”。妻子已到单位上班，家中无人，没有人出来协调和斡旋，于是场面在直线升温，我的火气“腾”地一下就上来了，开始骂起了儿子，骂的内容从一开始围绕录制问题到后来的家中辅导作业，再到后来就有点跑偏了。我记得一句带有威胁性的话语是——“你再这样不听话，我就不管你了，明天我就走呀，到帮扶点工作去呀。”一年多的驻村帮扶，与家人聚少离多，每次回来与家人相聚，儿子都和我形影不离，盼着我能在家里多待一天，儿子最怕听到的就是我又要到帮扶点去驻村工作了。说完这句话后，儿子便不再吭声，但我的火气还没有消下去，接着又说出了一句更出格的话——“我越看你越讨厌。”

儿子背对着我坐在床边，黯然流泪。

等过了一个多小时，我的火气消下去后，儿子说了一句：“爸爸，你刚才暴风骤雨的，挺吓人。”

妻子下班后，儿子和他妈妈说：“爸爸今天骂我了，爸爸说的话，我很伤心。”

妻子赶紧问儿子：“爸爸骂你什么了？”

儿子说：“你让爸爸说吧。”

我和妻子大致讲了一下经过，骂儿子的出格的那句话没有讲。

儿子在一旁纠正道："还有一句呢。"

我只得将那句已懊悔了一天的话交代了出来。

妻子听后说："你怎么能这样和孩子说话呢？你快给孩子道歉。"

一看台阶来了，我赶紧向儿子道了歉。

儿子大大方方地说："爸爸，我原谅你了。"

所谓家长，有时候还不如一个孩子。

不管孩子做得对与错，骂人终究是不对的。虽然我们给予了孩子生命，但没有权力去随意责骂对方。

《现代汉语词典》对"教育"一词第三层意思的解释是——用道理说服人使照着（规则、指示或要求等）做。也就是说，教育是以理服人，而不是凭借骂或打来服人。

记忆力

一

月子里的儿子，每天只能躺在床上，用一双转来转去的大眼睛观察着这个陌生的世界。

当我们叫他的名字“小宇”时，他便会循着声音找过去，显然知道是在叫他，还甜甜地冲着我们笑。

彼时，儿子虽然还无法与我们用语言进行交流，但他知道这两个字就是他的名字，尽管他还不知道什么是“名字”，也不知道名字里所包含的意义。

从一叫名字即有反应的情况来判断，儿子的记忆力应当是很好的，毕竟他在月子里就记住了自己的名字。

二

两岁多时，儿子在记忆力方面的表现就很特别。

尤其是一些电视栏目名称，儿子可谓倒背如流，如《星光大道》《开门大吉》《黄金 100 秒》等等，还有一些电视广告，只要广告的片头一出，后面的内容他就会脱口而出。

三

儿子三岁多时，一次我带他到小区网球场西侧的一处空地玩雪。

儿子瞅了一下四周的环境，说："爸爸，这个地方咱们去年来过。"这着实让我吓了一跳，他三岁时居然能记住两岁时的事情。我分明记得，小时候母亲经常和我们讲，说小孩儿一般在四岁时才可以记住事情。对此，我又向母亲专门求证了一下。母亲说，可能是现在的小孩儿营养好，所以生长发育也好，就像过去的小孩儿一出生根本睁不开眼睛，现在的小孩儿出生一会儿就能睁开眼睛了，还是各种营养元素能跟上去的原因，体内不缺营养。

四

在之后的读书过程中，书里的一些语句或知识点，儿子看过后基本就记住了。有时候，还会滔滔不绝地讲给我们听。

我到单位帮扶点驻村帮扶几个月后，在一个夏季的早晨，楼道里突然出现了一条蛇，大家顿时惊慌失措起来，生怕被其咬一口，因为谁也不知道它有没有毒。即便没有毒，其软而长的身子，丑陋的脑袋，不时吐出的信子，就足以让人生畏了。最后，在几人的合力协作下，Q先生用一根铁棍在蛇头上敲击了几下，蛇死了。我把这段惊心动魄的视频发到了微信朋友圈。儿子通过妻子的手机看到这段视频后，和我进行了微信语音聊天。他说："这条蛇应该有毒。"我问："怎么能判断出它有没有毒？"儿子说："这条蛇，头是三角形，身体色彩鲜艳，尾巴不是太细长，这就是毒蛇的外貌特征。"我很惊讶，平心而论，我活了这么久，也不会区分一条蛇到底有没有毒，虽然小时候在山上或地里经常能见到蛇。那时候，村庄周围的蛇基本有两个种类——"菜花蛇"和"乌风蛇"。菜花蛇，学名王锦蛇，背面黑色，混杂黄花斑，似菜花，故名。乌风蛇，学名乌梢蛇，通体发黑。据老人们讲，菜花蛇无毒，乌风蛇有毒。后来我查了资料，乌风蛇也是无毒的。

"这些知识你是从哪里知道的？"我问儿子。

"我从书上看到的呀。"儿子有点自豪地说。

那一年，儿子还在幼儿园上学前班。

五

儿子喜欢各种动物，所以家里关于动物的书，有很多。在众多动物中，儿子对恐龙和海洋生物又格外喜欢，所以这两方面的书又有很多。

儿子还喜欢坦克，所以家里关于坦克方面的书也有很多。当他把家里坦克方面的书籍都看完时，他又将目光转向了动画片中的坦克，具有代表性的就是KV44重坦。

在晚上睡觉前，儿子常会和我们玩"说恐龙、鱼类或坦克名字"的游戏，当然，全靠记忆，不能翻书。

刚开始时，我和妻子还能比画两下，比如恐龙中的剑龙、三角龙、霸王龙等，鱼类中的蝴蝶鱼、飞鱼、秋刀鱼等，坦克中的虎式坦克、豹 2 坦克、丘吉尔喷火坦克等，但几个回合后我们就败下阵来。儿子却有条不紊地继续说着那些我们已经忘记的名字。

六

在村庄待的二十多年里，我闭着眼睛都能知道哪条路能通到哪里。来到城里后，才发现，自己居然是一个十足的路盲。我对道路的记忆能力，看来仅限于村庄。

在城里，如果晚上从一个地方出来，如饭店、超市等，回家时，我一般会往相反的方向走，因为已经转向了。妻子常调侃我说："你老了以后如果走丢的话，倒也好找，到相反的方向找找就找到了。"如果是开车，不开导航的话，我会沿着几条路转圈，就是找不到回家的路。

儿子在这方面则没有遗传我的半点基因，我感到非常庆幸。他对一些走过的路，有着很强的记忆。这一点，儿子是遗传妻子了，妻子记路能力很强。

一次，我们带着儿子回察右后旗老家，刚驶入机场高速路，儿子就叫了起来："爸爸，这条路是去奶奶家的。"彼时，儿子只有三岁多。

再之后，当我从一些经常走的地方继续使用导航开车回家时，儿子就会说："爸爸，这条路还用导航吗？你把导航关掉吧，我给你导航。"

我关掉导航后，儿子就真的导航起来了："左转……右转……直行……"

语　言

一

儿子在语言运用方面，表现出了一定的天赋。

在我正在写《狗这一生》一书的某天晚上，读学前班的儿子问妻子："妈妈，你怎么不写一本书？你可以写一本关于植物的书，书名可以叫作《心中的玫瑰花开放了》。比如'玫瑰花的香气飘散到了全世界''闻到味道的人们都过来摘一朵玫瑰花，一朵玫瑰一朵爱''玫瑰的华丽永远浪漫在人们的心中''浪漫在人们心中的，不只有爱，还有美丽，还有散发着玫瑰香气的幸福''我和妈妈牵着手去摘玫瑰花，带着花香在散步'……"顿时，我们被儿子满是幸福的小脸和温馨的语句吸引了。

一次，儿子兴起，一边踱着步子，一边用跳跃性的思维口述着如下语句：

冬天到了，下雪了，大地铺上了白茫茫的地毯，好似一层白砂糖。啊，多么优美的景象出现在我的眼前！啊，冬天到了！大地铺上白茫茫的地毯后，好似一位英俊的国王。国王的城堡就是雪山，无垠的大地多么美好！

冬天过去了，春天来了。春天是多么美丽。春暖花开，鸟语花香，大地又绽放开来，草尖绿绿的，荷叶圆圆的。

春天过去了，夏天又来了。小鱼们开始在荷叶间戏玩，蜻蜓在水面上点水，小鸟也正在繁衍后代，老虎正在丛林间走动。而植物们也正在努力生长，冬天来临时，它们的头钻进了暖暖的大地里；夏天来临时，它们又露出了头。

秋天到来了。大树换上了美丽的红外衣。

冬天又到来了。冬天还是像往常来到时那么兴奋，这片大地好像帮它找到了童年的心。童年时冬天是多么快乐啊！想想这美好时光，冬天就滴下了眼泪，瞬间化为漫天大雪。

尽管我是中文系毕业，也号称是作家、诗人和媒体人，但回想七岁时的我，根本写不出这么优美的句子来。更没法和人家七步之内成诗的曹植相比了。犹记得，一次写不出小学语文老师留的作文，急得“哇哇”大哭，最后还是父亲口述，我抄在了作业本上。

二

对一些在儿子那个年龄段确属经典的语句，我们都原汁原味地记录在笔记本上。

2015年1月1日　儿子逗我说："小宇打开窗户，把爸爸扔出去。"

2015年1月4日　儿子说："妈妈美，爸爸也美。"

2015年1月12日　儿子指着我的羊绒裤问："这个是谁给买的？"我说："是妈妈给买的。"儿子又问："从哪儿买的？"我说："从商场买的。"儿子再问："从哪个商场买的？"我答："爸爸也不知道，一会儿等妈妈回来问妈妈吧。"儿子说："万达？"这是儿子两岁零四个月后，和我最完整的一次对话。小家伙组织语言的能力还是很强的。

2015年1月14日　儿子看完我们相册中一位体形接近球形的朋友的照片后，突然说了一句："吓死人了！"瞬间，我们都笑得前仰后翻。

2015年2月27日　儿子站在阳台的窗户前，仰望着天空，突然说道："妈妈，太阳哪儿去了？"接着又自问自答："妈妈，云把太阳埋住啦。"

2016年1月11日　儿子说："爸爸，帮小宇叠一只帆船。"我不好意思地回答："爸爸笨得不会叠。"儿子又问："爸爸，你是不是只会开车啊？"问这句话时，儿子语气非常平静，就是实实在在地问了一句话。

2016年12月31日　儿子叫了我几声，我没有听到，他兴奋地说："爸爸，你耳朵里长草了？"

2017年1月8日　我和儿子玩波波球，结束时，儿子说："我能赢了爸爸，非常荣幸！"

2017 年 1 月 11 日　放学后，我和妻子去幼儿园接儿子回家，一路上车堵得很厉害。儿子突然冒出一句：“前面的汽车，堵得像一团团蚂蚁。”我的天，这是在运用“比喻”的修辞手法吗？

2017 年 6 月 26 日　儿子说：“赛克斯战斗机，一起来战斗吧。”接着又说：“阵风隐形战斗机，趁你不注意，一起来战斗吧。”然后，又来了一句：“不说了，我过几天就能造出新词。”说话时，一脸的严肃。儿子在造词方面，确实还真有一手。在看完动画片后，他经常会结合动画片里的语言，自己创造出一些语句来。有一段时间，他经常说一句“阿弥敢不知当当归”的话，到现在，我也不知道这句话到底是什么意思。

2018 年 1 月 2 日　参加完幼儿园举办的元旦活动后，儿子突然文思泉涌，即兴来了几段。“大家好，我叫 ×××，今年妈妈很漂亮，希望妈妈永远都美丽、漂亮。”“啊，妈妈好美丽，美丽得可以当公主啦，当公主以后，可以变出最好的家，最好的儿童剪刀。”“亲爱的妈妈，我要带你去环游世界，我要送妈妈漂亮的公主裙，漂亮的剪刀，美丽的花朵，我要送给妈妈最好、最好的石头！”

2018 年 10 月 12 日　儿子和我从外面吃完晚饭步行回家，路上，两人边走边聊。儿子说：“今天天气晴朗，空气清新，微风拂面，大自然真好，我和爸爸在大自然中散步。”

三

可能是受幼儿园作业中“……像……”的影响，儿子小时候经常使用比喻、夸张等修辞手法来造一些句子，如：

爸爸的头发真多，像一群蚂蚁，足以建一个蚂蚁洞。

爸爸的腿强壮得像大象。

爸爸的嘴巴像山洞，能停下一架飞机。

妈妈的腿弱小得像飞虫。

妈妈的眼睛大得像太阳。

姐姐的眼睛像猫。

姐姐的耳朵大得能放进一辆自行车。

我的多肉植物透明得像镜子。

我的嘴有那么大，腿有那么粗吗？

四

对人的相貌，儿子可能比较敏感，所以很多独特的语句，儿子都用在了这方面。

儿子四岁那年，一日，我路遇一朋友，彼此打了个招呼。朋友走后，儿子问我："爸爸，这是谁呀？"

我说："这是爸爸的朋友。"

"头真圆。"儿子一本正经地说了一句，没有一丝调侃的意思。我差点儿笑岔了气。这位朋友的头倒也格外圆，像农历八月十六的月亮。

又一次，遇一同事，寒暄几句后，我领着儿子走开了。儿子问："爸爸，这是你同事？"我说："嗯。"儿子说："长得真搞笑。"

再一次，又遇一同事。寒暄几句后，儿子问："爸爸，这也是你同事？"我说："嗯。"儿子说："长得真丑。"

再之前，儿子见过我一位同学后，说：“长得像个老人。”

儿子将“童言无忌”一词，展现得淋漓尽致。

童言无忌的可贵之处，在于实话实说，有一说一。不像有些成年人说话时，或遮遮掩掩，或拐弯抹角，或含沙射影，或顾左右而言他，更有甚者还黑白颠倒。

但童言无忌的另一面是，突然说出来的大实话，会让一些场面很尴尬，会让一些人很难堪。

好在儿子说这些话时，不是当着对方的面说的。

在儿子频频研究人的相貌的四岁左右的那个年龄段，每当有人和我说话时，我就提心吊胆的，生怕儿子会突然冒出一句什么话来。

对于我和妻子的相貌，儿子有过两次描述，一次是——“我感觉爸爸长得很帅，妈妈长得很美。”另一次是——“爸爸像个帅哥，妈妈像个女侠。”这小子，这是“亲人眼里出西施”吗？

时间再往前推三年，儿子还曾因两个人的相貌，笑过、哭过。

那是儿子不到一岁时发生的事情。

彼时，儿子还不会走路，也不会说话，正坐在手推车里看世界。一日，一人欲弯腰逗儿子，不料未等他开口，儿子先“咯咯”大笑起来，一时，逗得大家也都大笑了起来。该人长相略显与众不同——大鼻子，大脑门，脑门不但大，还明亮。

另一朋友，长相也有点随心所欲——脸方而黑，蓄着浓须，头发花白，我常戏称其为“门神”。一日，我车载该朋友与儿子外出同游。刚一上车，儿子便看见了这位朋友的脸庞，瞬间大哭了起来。我便拿朋友开涮：“你这副尊容，居然能把小孩儿吓哭。”一路上，好一顿哄逗，儿子才停止了哭声。过了一会儿，儿子一抬头又看见了朋友的脸，再次大哭了起来。

五

上小学后，按照作业要求，儿子做了一首诗，写在了作业本上，这应当是他有文字记载的第一首诗。

之前，儿子也会朝我们吟诗一首的，诗向会人吟嘛！他吟诗时一般为即兴发挥，无固定场所，有时是在开车的路上，有时是在步行的街道上，因当时手头没有纸和笔，吟完之后，我们都觉得很好，表扬一番后，说要回去记到笔记本上，但一回家就将记录一事忘得一干二净了。每一个人都有可能成为伟大的诗人，但环境把他们抹杀了，譬如现场没有纸和笔。

儿子的第一首可供文字记载的诗是这样的：

《四季》

小草弯弯，
她对虫子说：
我是春天。

雨水滴滴，
她高兴地说：
我是夏天。

谷穗黄黄，
她笑着说：
我是秋天。

梅花朵朵，
她优美地说：
我就是冬天。

一次，我和儿子说：“我看你很有语言天赋，长大后也和爸爸一样，当一名作家吧。”儿子听后摇摇头，说：“不当，我要当一名画家。”

六

一天，同学叫我吃饭，儿子却黏着我不让出去，最后我和儿子相互妥协，互让一步，达成了共识，即我带着儿子一起参加饭局。席间，一位女同学就一些相关话题与我谈了有一会儿，期间不时往儿子的盘子里夹着菜。儿子坐在那里不动声色地吃着。当这位女同学正准备与我喝酒碰杯时，儿子突然抬起头说了一句：“爸爸，你是不是要和妈妈离婚，和这位阿姨结婚呀？”话音落地，震惊整个酒桌。同学们立即开始大笑、起哄。有说你是不是流露过这样的想法，否则儿子怎么会问呢？有说，儿子揭了你的底，回去可不能收拾孩子啊。饭桌上的同学，都是唯恐天下不乱的主。回来的路上，我问儿子：“你怎么还知道结婚、离婚这些词汇呢？”儿子认真地说：“我从电视上看到的。”我又问：“你怎么会把爸爸和那个阿姨联系到一起呢？”儿子说：“我看你们老在说话。”我的天啊，原来是这样一套逻辑，幸亏你老爸是清白的。

还有一次，我、妻子和儿子三人聊天。我感叹道：“十年的时间，一眨眼就过去了，真快啊！”儿子立马来了一句：“十年还快了？你们结婚才十四年。”我和妻子大笑。

儿子说话时的反应速度，有时就是这么快。我很好奇，在儿子那些金句频出之前，是经过怎样的逻辑分析与推理呢？

七

一日，儿子神秘地和我说：“爸爸，我告诉你一句话，是我今天发现的——我最喜欢妈妈出差了，妈妈一出差，咱俩就玩得很开心，玩疯了，爸爸也回到了快乐的玩游戏时光。妈妈一回来，世界都快要变了，因为妈妈太烦了，整天催我要弄那个数学口算了，这个练跳绳了，连看书时间都没有了。今天终于是周六，不用上学，没有体育课，也不用妈妈催做作业、练跳绳儿啦！”

我差点儿笑喷了。真实情况是，他妈妈一出差，他就眼泪汪汪地问：“爸爸，妈妈怎么还不回来？妈妈啥时候回来呀？”我猜测，在我不在家时，儿子可能希望出差的是妈妈；在他妈妈不在家时，他可能希望出差的是我。当然，猜测仅仅为猜测。在儿子对一些事情还不是太明白的时候，也许他觉得辅导作业的那个人确实有点烦，而妻子一直负责辅导他的作业。

专　注

一

儿子做起事来，很专注。有时候，一旦投入到一件事情中去，他会静静地坐在那里一动不动，半个小时以上不挪地方，丝毫没有问题。

二

摆积木，是儿子出生后接触最早的娱乐项目之一，也是持续时间最久的娱乐项目，一直到上小学一年级，儿子有时还会摆一会儿积木。大有百玩不厌的味道。

在儿子刚会摆积木时，一旦正式开摆，就像是换了一个人似的，立马全神贯注地沉浸在其中。每放一块积木，都要认真地瞅一瞅，决定摆大的还是摆小的，摆长的还是摆短的，摆圆的还是摆方的。看来他是在认真地思考，而不是随意地摆放。也是从那个时候起，我们发现了他坐在那里一动不动的专注劲儿。而他身旁的另一些小朋友，玩上不到一会儿的工夫就跑掉了。

从早期几块积木的简单排序、叠加，到中期积木规模的逐渐扩大，再到后来追求所摆造型的美观与别致，儿子的摆积木水平在逐渐提高。等到四五岁时，儿子摆出来的积木造型，我已自愧不如。无论是创意，还是风格，都是我没法比拟的。我现在越来越觉得，我就是个码字的料，其他方面的特长，还真没发现。就像儿子问我的那句"爸爸，你是不是就会开车啊？"如果放到过去，开车还真算是个特长。但现在不一样了，拿出一个人来基本都会开车，不会开车的反倒成了少数。如此一来，开车也不再成为我的特长，尽管我车技还是很不错的，如果抛开路盲问题的话。所以算来算去，又只剩下了码字。

有些事情，和年龄真还没有多大关系，就如这摆积木。大人未必就强于小孩儿，小孩儿未必就不如大人。

三

儿子对他卧室里的双层床很喜欢，没事的时候，会对他的床进行一番装饰。

为了保持装饰过程的神秘性，儿子会将自己的卧室门关上，并照会我和妻子，没有他的通知，我们不能随意进来。啥时候进来，需等他的通知。

儿子将他装饰好的小床，起名"小宇俱乐部"。俱乐部里陈列着

三只沙发垫、一只小鹿娃娃（儿子给它起名为可可）、两只企鹅、一只兔子、一只小熊（儿子给它起名为紫色小咖啡）和一只泰迪熊。儿子像一只勤劳的小蜜蜂，一趟一趟地将这些体积不小的毛绒玩具，一个人从别的房间逐一搬到了自己的卧室。等全部收拾好后，大约用了三十分钟。

在他装饰好的“小宇俱乐部”里，儿子实现了他的第一次独立睡觉。整个晚上，他都睡得很香，一直睡到第二天早晨八点多还没有起床。

之后，儿子又将他的“小宇俱乐部”进行了升级改造。升级版的俱乐部俨然成了一个“小屋”。

儿子取薄薄的被子和褥子各一床，将其各自的一端固定在上铺的床沿上，下垂下来的被子和褥子正好将下铺与上铺的空间遮挡住。为了体现小屋“四堵墙”的特色，儿子将下铺位于头和脚上方的两处空当也遮挡了起来，整个床便被包裹得严严实实。儿子又将一盏充电可移动无线台灯安装在“小屋”里，打开台灯，“小屋”瞬间亮了起来。水果、糖块、其他小零食，也被悉数摆放了进来。等全部装饰好后，儿子朝我和妻子喊：“请爸爸妈妈来我‘小屋’参观并做客。”我和妻子以客人的身份，来到儿子打造好的“小屋”，在柔和的灯光下，品尝着儿子为我们准备的“好吃的”。有时，儿子也会邀请我们到他的“小屋”里打扑克、下棋，这里俨然成了儿子的会客厅。

为了打造好他的这个“小屋”，儿子将自己关在卧室里，至少“工作”了四十分钟。

很多时候，我都觉得好奇，这小家伙做起事情来，怎么就那么认真呢？

四

也许是为了打发时间，在新冠肺炎疫情期间，儿子把他的一些已经拼装好的玩具车进行了拆卸，然后重新组装。当然，拆卸已经拼装好的玩具，是因为没有新的玩具可供拼装。那段时间，儿子常说的一句话是“等疫情结束后，我要买一个玩具”。在疫情还没有结束前，儿子是不敢让我们从网上购物的，尽管他非常想要一个新玩具。

一旦开始拼装车辆，儿子便进入一种身外无物的忘我境界。如果在午饭或晚饭做好时，他的车辆还没有拼装完毕，我们每叫他一次，他都头也不抬地回答：“等一下，等一下。”

阅　读

一

只要发现一本自己喜欢的书，儿子就会认真地阅读。

卡片和积木，是儿子最早的阅读载体。

儿子出生后，我买回十几盒卡片，有儿歌的，有数字的，有动物的，有植物的，有水果的，有蔬菜的，有唐诗的，有谜语的，有汽车标识的，有各国国旗的……

儿子对这些卡片产生了浓厚的兴趣，每天都会拿出来看一看，并让妻子帮他念上面的文字。时间一久，儿子对这些卡片上的内容便熟记于心，只要妻子念出上句，他就能接上下句。当翻到蜈蚣、蝎子等卡片时，儿子还会说一句“吓死人了”，然后“哈哈”大笑。他这“哈哈”一笑，把我们也笑糊涂了，这到底是害怕呢，还是不害怕呢？

积木上的字，也是儿子关注的重点。母亲来家里照看儿子的那段时间，没事时就教他认识积木上的字。没过多久，上面的几十个字，儿子都记住了，而且还活学活用。当透过客厅的玻璃看到对面街道上行驶的内蒙古师范大学校车时，儿子便读着车身上的字——“内，内蒙古的‘内’”“大，大公交车的‘大’”……

二

在星期六或星期日的时候，妻子经常带着儿子去内蒙古图书馆看书。

图书馆位于市区中心，每次看书时，儿子都要求坐公交车。这样可谓一举两得——儿子既坐了喜欢的车辆，又看了喜欢的图书。

图书馆里的人还是很多的，尤其是在负一层的儿童区，都是家长带着孩子来看书的。由此可以看出，“从娃娃抓起”看来不是一句空话，大家都实实在在付诸行动了。

因图书馆有开馆时间和闭馆时间的限制，除去路上的行程，真正在馆里看书的时间并不是太长。为了方便儿子能更好地阅读，我和妻子在图书馆各办了一张借阅卡。这样一次可以多借几本书，让儿子有足够的时间在家里阅读。

恐龙类和鱼类图书是儿子从图书馆借阅最多的。

每个月里，至少有半天或一天的时间，儿子是在图书馆里度过的，要么是看书，要么是借书，要么是还书。

因翻阅率太高，或是其他原因，图书馆里很多书都不同程度地破损或磨损了。能找到一本崭新的书，也不是一件很容易的事。

我不喜欢看磨损的旧书。儿子在这方面倒是不太介意，但比起旧书，他还是更喜欢新书。

三

爱读书的人，大都也爱买书。

儿子基本遵循了这一规律。

新华书店是儿子经常光顾的地方。

在书店的儿童区，两排相邻书架的中间挤满了人。有人说，现在读纸质书的人越来越少了。但来到新华书店发现，读纸质书的还是大有人在的。因书店提供的小凳子有限，基本上属于“一凳难求”，所以有站着看书的，有蹲着看书的，有坐在地上看书的，还有少半个屁股搭在最低一层书架沿上看书的……

儿子挤在人流里，寻找着自己喜欢的图书。

鱼类和恐龙类图书依旧是儿子选购的对象，之后又加入了坦克类图书。

除了在新华书店购书外，其他卖书的地方，也是儿子经常光顾的。

小区附近有两个大型超市，里面设有图书区。每到超市，儿子必先到摆放图书的地方，看看有没有新到的书。有时我们想到超市购物，儿子却不愿意去，但只要我们问一句：“想不想去看看有没有新到的书？”儿子便立即同意了。

爱好是最大的动力。

但凡儿子喜欢的书，只要他愿意购买，我们都全力支持。我和妻子都觉得，以知识和文化为标志的精神层面的丰富，远比吃好、穿好、戴好更具价值。

一次，儿子在北京图书大厦一口气买了400多元的书。负责苦力任务的当然是我。等回到酒店时，我已大汗淋漓，气喘吁吁，这还不包括中途停歇了几次。

除了实体店，儿子经常让妻子从网上帮他购买一些图书，很多都是成套的，如《什么是什么》《走进大世界》《动物日记》《科学神探》《魔法科学苑》等。

鉴于儿子经常往回买书，客厅的书架有相当一部分被儿子的图书占据了，这还不包括他自己屋子里已经摆满的一个小书架。

四

上小学前后，儿子喜欢上了漫画书。

看来，一个阶段有一个阶段喜欢的图书类型。

在学校开课期间，每天午休前，儿子都要看一本漫画书。等一本书看完后，他才正式睡觉。有时候，为了让儿子能在中午多休息一会儿，我会催促他不要看了，赶紧睡觉，等下午放学回来再看。儿子嘴上答应着“稍等，稍等”，眼睛却在一页一页地快速浏览着。等把整本书都看完后，他将书一合，说一声：“看完了，睡觉。”这才正式开始午休。

每次在他看书的间隙，我正好把锅和碗也洗了。

新冠肺炎疫情期间，原本就不愿意午休的儿子，终于找到了不午休的借口——反正也不上课。我们希望他能养成午休的习惯，无论上不上课。儿子却希望我们也不午休，能陪他一起玩儿。于是，我们展开了谈判和磋商。几轮下来，双方达成一个折中的协议：我或妻子一人不午休，陪着他玩儿。

等妻子上班后，家中只剩下我和儿子，我俩又展开了新一轮的谈判和磋商。因我多年养成的午休习惯，中午不睡一会儿的话，整个下午都无精打采的，像是喝了酒，即便到了晚上，也萎靡不振。最后双方妥协的结果是，我午休时他看三本漫画书，他看书的时间，是我午休的时间，他三本书一看完，我就起床。于是当儿子一拿起手中的书时，我便赶紧倒头就睡，因为时间在一分一秒地过去。儿子不但说话算数，还守时，三本书一看完，便立即进来叫我："爸爸，起床了。"

儿子看书时和他拼装玩具车时一样，全身心地投入其中。当看到高兴处，便"哈哈"大笑。所以，经常会出现这面的画面——当我正在做别的事情时，突然传来了儿子的笑声，不用问，一定又是被书中的故事情节逗乐了。

五

读书读得多了，自然会有收获。

儿子居然能挑错别字了。

一次，儿子兴冲冲地跑过来和我说："爸爸，我发现了书里一个错别字。"我有点不太相信，心想老爸当年做报纸校对时，是专门给报纸挑错别字的，你小子居然也能挑出错别字？

我半信半疑地看着他指点的字，又对照了一下上下文和前后语境，发现真还是个错别字——书中将"老大"写成了"老犬"，"大"与"犬"从字形上看，应当是使用五笔输入法造成的，拼音输入法不会出现这样的错误。这小子，行！

又一次，儿子在电脑前看拼装玩具车视频，突然叫了起来："爸爸，爸爸，快看，屏幕上有个错字，妮雅的'雅'字写成澳大利亚的

‘亚’字了。”我凑过去一看，还真是。

六

儿子对阅读的兴趣，是我们当年那个年龄段没法比拟的。

儿子四岁半时，一次和我说：“爸爸，你知道我为什么在车上看书吗？”我问：“为什么？”儿子说：“因为我想认识更多的字。”这话，感觉有求知若渴和只争朝夕的味道。

过了一个月，儿子和妻子说：“妈妈，我要给你奖励贴。”妻子问：“为什么？”儿子回答：“因为你教我认识了好多的字。”看来，儿子对文字有一种特殊的感情，并懂得感恩。

2018 年元旦，儿子手里拿着一本《新华字典》对妻子说：“我要让爸爸考完字典里所有的字。”之前，我曾拿着这本《新华字典》考过他里面的字。

我常常感到很惊讶，儿子这么小的年龄，为什么这么喜欢阅读？遂怀疑儿子是不是遗传了我或妻子爱读书的基因。一日，我问妻子：“你小的时候，也这么爱看书？”妻子摇摇头，说：“不记得了。”随即，妻子反问我：“你小时候也这么爱看书？”我亦摇摇头——“不记得了。”

幼儿园

一

儿子就读的幼儿园是在离家 7 千米远的一所私立幼儿园。因方圆数千米之内没有一所公立幼儿园，所以我们只能选择私立幼儿园。

从家到幼儿园，每天需要往返两趟，一天下来，就是 28 千米的路程，一个星期按 5 天来计算，就是 140 千米。幸亏我家的汽车是辆小排量轿车，省油，否则油钱都是一笔不小的开支。

为了选择幼儿园，我和妻子将小区周边的几个幼儿园认认真真实地调研了一遍。教室里的甲醛味重不重，住宿的条件好不好，室外的活动空间大不大，周围的汽车尾气浓不浓……这些都是我们选择幼儿园时重要的评价指标。

经过多方比较和权衡，最终我们选择了一所离家不远的私立连锁幼儿园，并在假期的时候提前交了费用。但 10 多天后，儿子的幼儿

园就发生了变更。

儿子和他的小姐姐从小在一起长大，两人自然想在一个幼儿园读书，在参观了小姐姐的幼儿园后，再加上儿子他大姨的游说，妻子便动摇了，于是从那个一天都没有去过的连锁幼儿园退了费用，重新在他小姐姐就读的这所幼儿园报了名。在入园的将近一年里，儿子都称这个幼儿园为“姐姐的幼儿园”，后来我们给他纠正了一下，说这个幼儿园也是你的幼儿园，之后儿子再称呼这个幼儿园时，才去掉了前面“姐姐的”三个字。

为了能和小姐姐在一个班里上学，儿子把小班跳了过去，直接上了中班，因为彼时他的小姐姐已上了中班。结果两人在一个班级仅仅待了半年，小姐姐就上了大班。因儿子年龄太小，不能再跳到大班，只能重复念了一个中班。就这样，原本的同班同学，变成了校友。

二

送儿子去幼儿园，我们废了不少周折。

因儿子性格内向，当来到一个新的环境且人数一下子达到三十多人时，对他来说确实是一个挑战。还未正式上幼儿园前，我们就替儿子犯愁了。

在正式入园的前几天，我和妻子轮流做儿子的思想工作。

我们对儿子说，人到了某个年龄段时，就该做那个年龄段该做的事情。比如，该上幼儿园时就上幼儿园，该上小学时就上小学，该上大学时就上大学，该娶媳妇时就娶媳妇。儿子回复说，他不上幼儿园，不上学，也不娶媳妇，要永远和爸爸妈妈在一起。

妻子说你现在已经到了上幼儿园的年龄了，该上幼儿园了，儿子依旧说他不上幼儿园。妻子说妈妈小时候也是在这个年龄段上的幼儿园，儿子说爸爸小时候还没有上过幼儿园呢。我赶紧说，爸爸小时候可想上幼儿园了，但当时村子里没有幼儿园，如果有的话，肯定去上了。

到了上幼儿园的前一天，妻子继续做着儿子的思想工作。

妻子："明天爸爸妈妈得上班去，家里没人，你得到幼儿园上学去了。"

儿子："我不去幼儿园，我要到爸爸或妈妈的单位去。"

妻子："单位有规定，不能带小朋友去。"

儿子："爸爸和妈妈不上班。"

妻子："不上班，就没有工资，没有工资就不能给你买好吃的。"

"我以后啥也不吃了。"儿子哭了起来。

"不上班，没有工资，连你想玩的玩具也买不成。"

"我以后啥玩具也不要了。"儿子哭得更厉害了。

在儿子的内心里，好吃的可以不吃，玩具可以不买，但身边永远不能没有爸爸和妈妈。儿子曾多次说过"我要和爸爸妈妈永远在一起"。

妻子："你不去幼儿园，以后怎么能上大学啊？怎么能找一个稳定的工作啊？没有稳定的工作，你怎么能养活自己啊？爸爸妈妈都有老的一天，以后谁管你啊？"

儿子："我不管，我就是不去幼儿园。"

停了一会儿，儿子好像又想起了什么，停止了哭泣，说："明天我要和姥姥玩儿。"

妻子："姥姥明天要回老家。"

儿子："我要和姥姥一起回老家。"

妻子："不行，那么远，又是坐长途汽车，姥姥回去是办事了，不能带你。”

儿子：“那我明天去和姐姐玩儿。”

妻子：“姐姐明天也上幼儿园了。”

儿子：“那我去找大姨。”

妻子：“大姨明天出去办事了。”

所谓善意的欺骗，也许指的就是这个吧。仿佛到了明天，儿子身边的所有人都有事情要做。

儿子：“那我回后旗找奶奶去。”

妻子显然有点生气了，没好气地说：“那你就别上学了，回去和奶奶卖药去吧，长大也卖药去吧。”

儿子“哇”的一声又大哭了起来。

我突然心里一阵难受，觉得我们是在威逼利诱儿子，让他在这个幼小的年龄做出一种痛苦的选择。此时的儿子显得那么无助，我们又是那么无情。

儿子对上幼儿园产生的强烈排斥情绪，让我想起了自己的童年。那时候，村子里根本没有幼儿园，起点就是小学。所以我根本不知道幼儿园为何物，而那段无忧无虑、父母整天陪伴在身边的时光，成为我一生中幸福的回忆。在那段时间里，我一副游手好闲的样子，每天优哉游哉地游荡在村庄的土路上，爬山、蹚水、上树、下沟、滑冰、捕鸟、捏泥人、烧土豆、捉迷藏、丢沙包……除了上天入地，没有做不到的，只有想不到的。

上小学的第一天，我一个人背着书包就来到了村东头的学校，没有父母的陪伴，也没有哭泣，而是充满了渴望和期待。假设提前三年，让三岁多的我去学校，我想我和儿子是一个样子的。所以，我完全能理解儿子，让一个三岁多的孩子突然离开父母的身边，毫无任何过渡和适应，直接就进入一个全新的陌生环境，且一待就是一天，这确实有点难。

第二天正式入园的时候，儿子抱着妻子的腿哭得撕心裂肺，死不撒手。门口的老师见状出来劝说，儿子更是不听。无奈之下，妻子抱起儿子一路小跑把他放到幼儿园的大厅里，转身就走。儿子双脚刚一落地，迅速追了出来。一位老师赶紧抱住了儿子，妻子才得以脱身。身后传来了儿子声嘶力竭的哭声，妻子已泪流满面。

据老师讲，儿子哭了约半个多小时后，情绪才平复了下来，一个上午在勉勉强强中度过了。中午睡觉时儿子又哭了几声，和老师说要找他姥姥。下午睡起时儿子没有哭，和小朋友一起玩了摆积木游戏。

晚上，儿子在他大姨家睡的，和他小姐姐约好第二天一起去幼儿园。

三

入园第二天，儿子就怎么也不肯进入园门了，昨天说好的“明天还背小书包，和姐姐去幼儿园”的话估计也后悔了。两只小手抓住妻子的裤子，号啕大哭，我们怎么劝都不听。僵持了五六分钟后，老师出来把他小姐姐领进去了，让妻子把儿子抱了进去。过程几乎和昨天一模一样，我们走出幼儿园大门时，依旧能听到儿子撕心裂肺的哭声。

这样的局面持续了一段时间。

儿子每天早晨醒来一睁眼，第一句话就是“今天星期几？用去幼儿园不？妈妈今天上班不？”当得到“去”的肯定答复后，儿子便哭闹了起来，“我不去，我不去”。我们只能进行新一轮的劝说。儿子是多么希望他妈妈能够不上班在家陪着他，这样他就不用去幼儿园了，因为他一直相信，是爸爸妈妈上班没有时间照顾他，他才来到了幼儿园。至于妻子说的“你已经到了上幼儿园的年龄了，不能再在家待着玩了”的解释，他似乎并不以为然。

入园 22 天后，儿子在幼儿园午休时才第一次脱掉了外套。之前在午休时他拒绝脱掉外套，以此表达他对这个地方的厌恶。

一段时间过后，儿子也基本接受了一个事实——待在家里玩耍的日子已经结束了，每天需要去幼儿园了。儿子入园时也不再哭了。没哭的原因是，某晚妻子和他进行了一番交流。妻子说：“儿子，咱们明天上学时不哭行吗？幼儿园里现在只有你一个小朋友在抱妈妈腿、搂脖子，所有小朋友都看着你呢……”妻子的话还没有说完，儿子挥了挥手，潇洒地说：“妈妈别说了，知道了，不哭了。”第二天上学时，儿子果真没有哭。于是当我们把他送到幼儿园班级门口时，儿子便一遍遍地重复着“妈妈早点来接我，爸爸早点来接我。”然后，儿子一步一回头，不停地摆着小手。

在这之后，感觉儿子瞬间长大了，每天像其他小朋友一样入园、上课、放学，再没有闹过情绪。儿子慢慢适应了幼儿园的生活，但每当迈入幼儿园的大门时，依旧满脸的不情愿。

从一开始的不进班级，到后来需要我们陪着进班级，再到最后自己进班级，儿子已迈出了两大步，我们感到很欣慰，尽管他适应幼儿园的过程有一点慢。

四

虽然儿子不怎么喜欢去幼儿园，但整体上讲，他在幼儿园的时光还是快乐的。

班级里的老师，会把一天中小朋友们在不同时间段的情况用图片或小视频的形式发到微信群，家长们都在这个微信群里。

儿子在幼儿园里一天的情况，我们就是通过微信群了解到的。除了晨读、早餐、上课、间点、上课、午餐、午休、上课这一系列规定动作外，中间还穿插着户外活动项目，如玩滑梯、推轮胎、踢皮球、拔河、钻塑料圈、老鹰捉小鸡等。在这些户外活动项目中，儿子很活跃，玩得不亦乐乎，时常能看到他灿烂的笑容，一扫每天入园时的愁眉苦脸。

放学后，我们去接儿子时，他一般都不会立即离园，而要在园里继续玩上一段时间。如，和几个小朋友在草坪上互相追逐，坐在秋千上让我们将秋千高高荡起并加快节奏，和其他小朋友挤在一起像糖葫芦一样从滑梯上集体滑下……

五

儿子在幼儿园里学到的一些东西也在潜移默化地影响着他。

一天，儿子从幼儿园放学后，一进家门就说餐桌太乱了，要收拾一下。不一会儿，他就把餐桌上所有的物件都归整了一遍。归整后的物件，井井有条。

在儿子入园 10 天后，根据班级的安排，家长需给孩子写一封信。妻子在信中记录了儿子的成长。

《写给儿子的信》

儿子：

这是妈妈写给你的第一封信，妈妈很高兴。自入园以来，你成长了很多，生活自理能力也有很大的提高。懂得帮妈妈扫地，帮姥姥拿衣服，帮姐姐倒凉开水。在幼儿园里，你也表现得很勇敢，从周一到周五，坚持和老师、小朋友们一起度过，很棒呀！

儿子，你是妈妈最得力的小助手，继续加油！

儿子，你一定会成为幼儿园里超棒的小朋友，并和同学们成为好朋友！

妈妈

2016年3月5日

入园第35天，儿子在幼儿园举办的“生活服务大赛”活动中，获得了“小闪电奖”，从老师拍摄的照片看，儿子把自己的外套叠得整整齐齐。既然是“小闪电奖”，想必速度很快。

入园三个半月，儿子送给妻子一件漂亮的小裙子，粉色的，这是儿子在幼儿园上手工课时，在老师的帮助下完成的。在这段时间，儿子有了很大的进步。据老师讲，儿子上课时很自信，与老师大胆互动，回答问题时声音很大。为此，老师还专门奖励了小贴纸。

随着对儿子了解的深入，代课老师和很多小朋友都很喜欢他，儿子成了班级里的“小可爱”。每次儿子背着书包走进校园，在操场上玩耍的小朋友会叫着儿子的名字跑过来，热情地拉着他的手，儿子却显得挺腼腆。

六

一天，幼儿园的班主任R老师和妻子分享了一个有趣的话题。英语老师说：“现在海豚要来了，它的本领是顶球球，今天老师要请小朋友上来当海豚，来顶我手里的气球，你们说我请谁呢？”儿子回答：“请R老师上去顶吧。”这小家伙还挺幽默。

之后的日子里，儿子带着我和妻子参加了幼儿园举办的趣味运动会。在现场，儿子被浓烈的气氛所感染，一会儿的工夫就全身心投入了。在比赛中，儿子抱着硕大的南瓜，全力奔跑着；飞快地剥掉瓜子皮，粘在指定的图案上；不停地往我脚下的箩筐里装着萝卜和茄子……整个活动下来，儿子开心得不得了。事后，儿子说：“原来也挺有意思。”

七

当然，在幼儿园，儿子也有自己的烦恼。

一天，儿子放学回来后高兴地说他们班级要到户外进行采摘活动，按照老师的要求，妻子把水杯等东西全部准备妥当。但第二天放学后，儿子便哭着说怎么也不去了，说“害怕”。我和妻子吓了一跳，赶紧追问儿子为什么“害怕”，但儿子就是不说，还说“不敢说”。为了让儿子开口，妻子想出了一个办法，说：“你就和妈妈说，让爸爸回避一下，这是咱们俩的秘密。”儿子这才悄悄告诉了妻子。原来老师为了强调纪律，在班级里说，明天到达目的地后，谁也不许乱跑，因为外面有坏人，专挖小朋友的眼睛。儿子说，他怕被挖眼睛，所以不参加明天的活动了。妻子说这是老师吓唬你们呢，其实没有坏人，她是怕你们乱跑走丢了。但无论妻子怎么解释，儿子就是铁了心不去了。可以想见，“挖眼睛”那恐怖的字眼已印入儿子的脑海，而由“挖眼睛”进一步延伸出来的恐怖画面，可能已在他脑海里笼罩了一整天。这时我才想起来，放学接儿子时他的情绪就有点不对劲，不像平时那样欢天喜地的，显得心事重重。我当时还问了他一句是不是身体不舒服，他说没有，然后一路上也没怎么说话。等见到妻子后，儿子才哭着说出了前面的那些话。

妻子继续给儿子做思想工作，说集体活动怎么能不参加呢，而且多参加户外活动是非常有益的。儿子最终还是参加了活动。放学回来后，儿子不停地对我和妻子讲述着他见到的各种植物和有趣的室内秋千。在老师的指导下，他还种下了一颗植物种子。此外，儿子提到最多的便是幼儿园的美味午餐了。看来，不虚此行。

还有一次，儿子放学后突然和妻子说他不想上幼儿园了。我们又是一番追问，儿子还是以“不敢说”为由拒绝透露任何信息。在妻子的耐心劝说下，儿子才说出了原因。因一次迟到，他被老师罚站，老师罚他站在班级外的门口，一节课不准进班级。再就是，一次老师对坐在班级后排上课说话的几个男生大声批评了几句，儿子觉得老师的声音很大，有点害怕，以为老师是在批评他，因为他的座位挨着那些说话的男生，而他当时并没有说话。将两件事情攒到一起说，儿子可能已承受了很久。妻子又做了一番思想工作，说咱们家离幼儿园有 7 千米，再加上呼和浩特隔三岔五修路、围挡，而一些路口新近又安装了红绿灯，所以难免会偶尔迟到一两次，下次再迟到时，她和老师解释一下。至于第二个理由，上课时同学说话本来就是不对的，不过老师不是在批评你，不用在意。儿子似乎听明白了一些，便不再提不去上学的事情了。

八

虽然儿子刚开始时对幼儿园并不喜欢，但还是坚持了下来，除了感冒生病，没有一天是因不想去而未到幼儿园。为此，儿子获得了好多全勤宝宝奖章。在幼儿园的几年中，儿子也处了好几个感情要好的小朋友。

毕业前夕，班级里安排大家照了毕业照。小朋友们都身穿博士服，头戴博士帽，一个个都有模有样的，像一群小知识分子。

毕业典礼上，以感恩为主基调的氛围，让小朋友们热泪盈眶，有的已泣不成声。儿子也登上了舞台，与全班小朋友们共同表演了舞蹈，为幼儿园的生活画上了完美的句号。

一路走来，对这些幼小年龄的孩子们来说，幼儿园这几年确属不易，无论是身体，还是心灵，都是一种不小的考验。

在成长的过程中，每一个生命个体都需要付出，也许唯有这样，才会坚强。

老师说……

儿子由于性格内向，又天性善良，就算有时被其他小朋友推上一把，也从不还手。

刚上幼儿园时，一次儿子回来和妻子说："妈妈，那个 ×× 总在课桌上推我。"

妻子安慰儿子说："那是他和你逗着玩呢，没事的。"

接连几天，儿子回来都和妻子说："妈妈，我不想去幼儿园了，×× 总在课桌上推我。"

妻子一看这样下去不行，赶紧和老师沟通了一下，调换了座位。

调换座位当天，儿子放学后高兴地说："妈妈，×× 今天没和我坐一张桌子。"

一次，在一个游乐场所，四岁多的儿子被一个小孩儿连续推搡得有点生气了，终于做出了反应——将两只胳膊弯曲于胸前，做抖动状，一连串说出了三句台词："太过分了！自不量力！霸气外露！"前两句话可以理解，第一句为警告，第二句为不屑，第三句是什么意思呢？我问儿子："你这个'霸气外露'是什么意思？""这是光头强说的。"儿子回答道。看来动画片《熊出没》没白看，至少可以学到一些词语，尽管可能理解把握得还不太到位。

二

在幼儿园临近毕业的时候，儿子回来说，班级里有个小朋友老是找碴儿，还打他。

我说："他再打你时，你打他就行。但你不能先动手打人。"

"打回去"是我教育儿子对付那些欺负弱小者的一贯态度。由于职业的缘故，我经常会看到一些校园欺凌的新闻，一些未成年人的暴力程度和恶劣行径，让我不敢相信这个年龄段的孩子们居然能干出这样的事情来。

儿子的个子在同龄小朋友中算是高的，体格也很好，力气也挺大，平时和我切磋武艺时，打我一拳或踢我一腿，打击的力度很强，被击中的部位有很强烈的疼痛感，想制服他，我也得费一把力气。如果儿子和那些挑衅他的小朋友动手，未必会输，而且赢的可能性更大。

但儿子每次听到我的"打回去"理论后，立马就说："老师说，小朋友之间不能打架。"我说："老师说得对呀，这是一个基本的原则。但总有人要破坏原则，对于破坏原则的人，怎么办？打不还手骂不还口吗？"儿子又说："我可以告诉老师，也可以告诉他们的家长。"我说："你这些都是事后的事情了，老师不可能一直都在现场，家长只有放学才能见到。现场的事情需要自己现场去处理。一个老是向老师报告事情的学生，时间久了，老师也会觉得挺烦的。"

儿子对我说的话不知是否能听得懂，只是在重复着他的那句话："反正老师说了，小朋友不能打架。"

我又问儿子："你是不是不敢还手？"儿子回答："才不是呢，我不想理他们。"

如果说不敢还手是一种胆小的表现，那么不想理会就是一种境界了。儿子所言属实的话，我就有点自愧不如了。

我相信小孩子是不会说谎的，而且儿子长这么大也没发现他说过谎。如此一来，我倒是心安了许多。

有一段寒山与拾得的公案，流传甚广。寒山问拾得："世间谤我、欺我、辱我、笑我、轻我、贱我、恶我、骗我，如何处之乎？"拾得答曰："只是忍他、让他、由他、避他、耐他、敬他、不要理他，再待几年你且看他。"

尊重儿子的选择，不强人所难。既然儿子是这样认为的，也是这样处理的，那就由他去吧。也许，一切都是最好的安排。

关于车辆

一

我小的时候，比较喜欢武术，除了比画几下拳脚外，刀枪剑棒之类的东西，都属于我青睐的范畴。在我的幼年、少年和青年时期，打拳占据了娱乐项目里较大的比例。

但我喜欢的这些，儿子都不喜欢。我一挥舞那些所谓的“兵器”，儿子就赶紧躲到一边，眨着眼睛，一副害怕的样子。

参加工作后，我业余练习散打，也想给儿子报一个这样的培训班，以强身健体。当时幼儿园正好开设了跆拳道班，于是就给他报上了。但两节课过后，第三节课儿子怎么都不去了，说踢脚靶的声音太吵了。每次脚靶声音一响，他吓得赶紧捂住了耳朵。

儿子说，他不想参加培训班了，要和我学习散打。俗话说“名师出高徒”，我当然不能称为“名师”，“师”都有点勉强，因为我也是业余的。至于“出高徒”就更不能去想了，只能强身健体而已。其实，人生在世，有一个强壮的身体即可，“名”也好“高”也罢，这些修饰性的词汇又有什么用呢？

工欲善其事，必先利其器。我给儿子买了专业的拳套、手靶和脚靶，用于练习。后来，为接近实战，我以自己为靶子，让儿子直接攻击练习。

就这样，儿子和我断断续续地学起了散打。其实他原本是不怎么喜欢这个项目的，这里面掺杂了很多我们的意愿。

儿子真正喜欢的是车辆及与此相关的事情。

二

站在客厅的窗户前，可以看到小区前面的街道上川流不息的车辆和来来往往的行人。

儿子在上幼儿园前，常常搬着一个小凳子，坐在阳台前，看窗外的风景。

一辆辆体形庞大色彩鲜艳的公交车很快吸引了儿子的目光。

通过车头前 LED 屏上显示的数字，儿子在公交车从桥上行驶到站牌前的瞬间，会读出这些公交车的车次来，如 34 路、78 路、21 路、K2 路、K4 路……

再之后，儿子基本不用看车头前 LED 屏上的数字，只要看一眼车身，就能判断出是哪路公交车，因为每路公交车车身上喷涂的颜色都不一样。

在很长一段时间内，儿子的口头禅是“小宇就爱大公交”“小宇就爱加油站”。由公交车衍生出了加油站，我分析应当属于“爱屋及乌”的原理，因为公交车需要加油，尽管后来改为了加气。

儿子对公交车的喜爱，一直持续到他的幼儿园生涯。在课堂上，儿子常向小朋友和老师介绍他所熟悉的公交车及其行驶路线。在星期天，当我们外出时，儿子放着私家车不坐，专挑公交车坐。在公交车上，他喜欢坐在后排高高的座位上，这样观看外面的风景时，视野开阔。

儿子三岁时，一次晚上被蚊子咬了，第二天早晨起床后，看着被咬的包愤愤地说：“我开上公交车，把蚊子轧死。”看来，在他心中，公交车是非常强大的，连苍蝇拍的功能也兼备了。

三

儿子入园第 22 天时，他第一次高高兴兴地牵着妈妈的手走进了幼儿园。之所以高兴，是因为他和妈妈约定好，放学后要一起去公交公司看 100 路公交车。

按照事先的约定，放学后，我和妻子接上儿子一同来到了公交公司。

在一个偌大的院子里，停靠着数十辆标有不同数字的公交车。看着进进出出的车辆，儿子激动地喊叫着：“又走了一辆！”“又进来一辆！”“快看，3 路公交车走了”“快看，26 路公交车回来了”……

大约两个小时过去了，天色已晚，儿子在恋恋不舍中离开了公交公司的大院。

之后几天，我们又带着儿子去了另一个公交公司的院内，观看了另一些标有不同数字的公交车。再之后，我们带着儿子在其他两个公交公司的大院里轮流观看着这些标有不同数字的公交车。每一次的观看，儿子都兴高采烈，手舞足蹈。

四

儿子最想开的车，是越野车。

在家中摆放儿子玩具的地方，以车辆居多。车辆中又以越野车居多，其余为大脚车、赛车、轿车、坦克、挖掘机等。这些车里面，有电动遥控的，有手推回力的。

如果在路上看到一辆越野车，儿子就会问："爸爸，这辆越野车能爬山不？"在得到肯定答复后，儿子接着又问："能爬多高的山？"

一次，儿子说："爸爸，等我长大了，给我买辆越野车。"我问："啥样的越野车？"儿子回答："丰田越野车。"我吓了一跳，丰田越野车最便宜的好像也便宜不到哪里去。我赶紧说："爸爸努力挣钱，等过几年攒够钱了，给你买一辆。"

又有一次，儿子说："妈妈，等我长到 8872 米时，我就能和爸爸、妈妈一样上班，能开大大的越野车，底盘高高的越野车了。"

五

儿子喜欢车，车技也是杠杠的。

两岁多时，儿子在家中常常骑着他那辆扭扭车不断向前挪动着身子，试图使其前行。很快，他的愿望就实现了。从一开始的扭扭车无法行走，到后来的人车合一，儿子也就用了几天的工夫。

在面积不大的两室一厅内，儿子展示着其娴熟的车技。他驾驶着扭扭车可以轻松从客厅“漂移”到卧室，可以单手打方向盘在餐厅转圈，可以在狭窄的过道上掉头，可以在客厅来个急转弯……十足一个老司机。

在驾驶扭扭车的过程中，儿子将一些歌词融入了里面。他边开车嘴里边不停地说着：“小汽车嘀嘀嘀，开过来开过去，小宇宇当司机，送妈妈上班去。”每当此时，他都会会心地和妻子笑笑，有时也会邀请妻子一同来开扭扭车。

2014 年最后一个晚上，儿子站在窗前望着窗外的月亮，用手指了指天空，然后严肃地说：“妈妈，看，月亮又开起来了！”在儿子幼小的心里，月亮的运转原理可能和他的扭扭车一样，都得“开起来”。

六

比起家中放置的电动摩托车和儿童自行车，儿子更喜欢驾驶公园里的观光车。

每去公园，驾驶观光车是儿子的必选项目。

最早时，由我和妻子控制方向盘，儿子坐在我们腿上。之后，儿子和我们一同控制方向盘。再后来，儿子独立控制方向盘，我和妻子只负责操控油门和刹车。

四岁的儿子驾驶着观光车行驶在公园的柏油路面时，引来一片回头率。当道路上人流量较大时，儿子会不时按一按喇叭，提醒着游人注意安全。

据不完全统计，儿子是我在公园里见到的最小年龄的观光车驾驶员。

七

拼装玩具车，成了儿子新一个阶段的最爱。

一款中等的拼装玩具车，零部件有几百个，大一点的，零部件就数以千计了。

将一辆车拼装完毕，没有半天的时间是完不成的。儿子一旦开始拼装车辆，基本都是一气呵成。除了特别大的一辆车用了三天时间，其他都是在一天之内完成的。

一次，为了拼装完一辆车，儿子整整“工作”到深夜两点。而儿子过年时可供记载的最长“守岁”纪录，也没超过深夜两点。

拼装玩具车在拼装时虽然确实有意思，甚而上瘾，但价格也不菲。一款中等的拼装玩具车，差不多都在四五百元左右。

一次，儿子在网上看上了一款拼装车，一看价格将近一万多元，便只能放弃。随后又看上一款，价格也在两三千元，便试探着朝他妈妈说：“这款车真漂亮啊！”妻子回答：“太贵了，一款车快赶上妈妈一个月的工资了，买不起。”儿子只能退而求其次，又选择了一款599元的。估计心里还是没底，不知他妈妈给不给买，嘴里不断地念叨着：“599元，599元。”那几天我正好被单位评为了先进工作者，按惯例有一点奖金，于是大方了一把，说：“这款行了，过生日时爸爸给你买，爸爸正好评了个先进。”躺在床上的儿子，眼睛顿时放射出了耀眼的光芒，语气也跟着夸张了起来：“哇，能买好几辆车啊！”一旁的妻子用语言敲打着儿子：“不能把所有的钱都用来买玩具车吧？还得给你买学习用品和书呢。”儿子沉默了一会儿，感慨地说：“我多么希望爸爸能挣好多钱，然后就能够买那辆一万多元的车了。”我说：“那爸爸赶紧好好写书，给你攒钱。但一万元买一辆玩具车好像有点不值啊，有些真车一万元也能买了，像在沙漠上跑的那种四轮摩托车，还有二轮摩托车、电动车、自行车。”儿子听后，又沉默不语了。可能在他心中，拼装玩具车还是最具吸引力的。

在新冠肺炎疫情期间，也许是为了打发时间，儿子把一些已经拼装好的玩具车进行了拆卸，然后重新组装。鉴于已经拼装了多辆这样的车子，儿子在重新拼装时，居然不再参照图纸，而是凭借自己的构思重新改装。起先我一直担心，在没有图纸的情况下，儿子会拼装失败，结果发现自己多虑了。一辆非常漂亮的玩具车在儿子宣布成功后，便展现在了我们眼前，用力一推，快速驶向了前方。

拼装玩具车时，也会发生乌龙事件。为了快速拼装好车辆，儿子希望我能给他打下手——找零部件；当他拆卸车辆时，希望我能继续给他打下手——拆零部件。总之，我的工作就是和零部件打交道，要么是找，要么是拆。

一次，我正拆得起劲，直接将儿子刚刚组装好的一部分车体拆掉了。等儿子回过神来找他刚拼好的车体时，发现已被我大卸八块了。儿子也没有生气，只是轻轻叹了一口气：“哎，爸爸完了，离得阿尔茨海默病不远了。”

八

儿子对玩具车的喜爱，那是发自肺腑的。不像我，看一眼觉得挺好看，会说一句“好看”，仅限于此，再没有后续动作。儿子则不一样，如果喜欢一辆玩具车，如一辆拼装玩具车，则会爱不释手。爱不释手到什么程度呢？走路时拿在手里，坐下时放在腿上，躺着时置于脸前，且目不转睛地盯着，还不时把玩几下。到晚上睡觉时，再轻轻放到枕头旁边。

关于音乐

一

儿子很喜欢音乐，唱起歌曲来有模有样的，这一点应当是遗传了家族基因。

在父亲那一辈，兄妹几人，都对音乐表现出了一定的特长。有唱得挺好的，有吹得挺好的，有打得挺好的，有拉得挺好的。但受条件所限，他们无法进行系统的训练，这些爱好也就成了业余的点缀。

小学时，当我游荡在村庄的土路上，我听到的是毛阿敏唱的《渴望》和那英唱的《山不转水转》；初中时，早晨学校的喇叭里，经常播放着郑智化唱的《水手》和叶倩文唱的《潇洒走一回》；高中时，街道两旁的音响里循环播放着黄鹤翔唱的《九妹》和李丽芬唱的《爱江山更爱美人》；大学时，我则陶醉于张宇唱的《月亮惹的祸》和张

柏芝唱的《星语心愿》……

很多歌曲，我都是听会的，而不是唱会的。听的次数多了，自然就会唱了。

参加工作后，我偶尔会和同学、朋友、同事在饭后展展歌喉，那都是十多年以前的事情了。现在如果发现一首好听的歌曲，重复听上几遍后，也就过去了，再没有当年的狂热与激情。念念不忘的，还是当年的经典老歌。歌曲，还是老的好。

二

儿子小的时候，只要音乐一响起，两只小手就会随着节拍舞起来，整个身子也有节奏地摇摆着。彼时，“凤凰传奇”组合唱的《月亮之上》《荷塘月色》等歌曲、网红歌曲《小苹果》都是他的最爱。

等到儿子会行走时，他便爬上茶几，站在上面，伴随着音乐的旋律摇头晃脑，两只小脚不停地踏着茶几的钢化玻璃面。“李白乘舟将欲行，忽闻岸上踏歌声”中的“踏歌”，我想可能就是这么来的。

有时，儿子也会要求我和妻子与他共舞，他外加动作指导。于是，在悠扬的旋律中，我们三人站在客厅的爬爬垫上，做着统一的动作。如果几人的动作不是高度一致，儿子会进行现场指导——“妈妈，这样”“爸爸，这样”，不厌其烦，直至达到他的“标准要求”为止。

三

随着年龄的增长，儿子喜欢的歌曲也在不断更新中，如《熊出没》主题曲、《乐高幻影忍者》主题曲、《斗罗大陆》主题曲，还有《平凡之路》《牧马城市》《生僻字》《桥边姑娘》《下山》等等，有些歌曲儿子唱得还是很不错的。

两岁半时，儿子听了我唱的“蓝蓝的天上白云飘 / 白云下面马儿跑 / 挥动鞭儿响四方 / 百鸟齐飞翔……”两三天后，居然将这首歌中的前八句歌词完整地唱了下来。

四岁的儿子在我过生日的那天晚上，为我清唱了完整的《生日歌》，并帮我吹灭了生日蜡烛。那一刻，我很开心，也很感动，眼睛有点湿润。

儿子四岁半时，自己创作了一首歌，歌名叫《送给爸爸妈妈的歌》，歌词为：

> 爸爸妈妈爱宝宝 / 妈妈上班了 / 宝宝上学了 / 到了晚上才见面。
>
> 宝宝爱爸爸妈妈 / 秋天的叶子落下了 / 爸爸妈妈爱宝宝。

四

我们觉得儿子在音乐方面应当可塑，趁着年龄尚小且学业负担不重，报个班学点音乐方面的知识是必要的，于是领着儿子到一家培训班进行了现场观摩。

儿子挨个教室看了一圈，吉他、古筝、钢琴、架子鼓……居然没有一项是喜欢的。他问工作人员：“有笛子吗？”工作人员一脸尴尬：“这个真没有。”儿子转身就要离去。

我和妻子觉得吉他也不错，学学挺好，于是做了一番儿子的思想工作后，他勉强同意了。报名后，培训班推荐了吉他，说平时在家里方便练习，我们便给儿子买了一把，加上培训班的费用，一共不到四千元。

按照老师的要求，每天需要自己在家练习二十分钟，主要是指法和几个音符。这个确实比较枯燥，来来回回重复着那几根固定的弦和几个固定的指法。几天下来，儿子就不想练了。每次练时，都一百个不情愿，甚而会哭泣。

儿子开始抱怨我们，为什么给他报了一个自己不喜欢的科目，他想学的是笛子。

妻子开导说，一学期的费用都已经交了，吉他也买了，中途不学多可惜了。

除了平时的自我练习，每到周六，我和妻子都陪着儿子到培训班进行四十五分钟的课堂学习。

虽然儿子不怎么喜欢吉他，但学起来很快就进入了角色。对一些知识点的掌握以及指法的运用也非常好，老师经常在课堂上表扬他。

在我到帮扶点驻村帮扶后，儿子学习时就由妻子一个人陪着。在妻子的鼓励和儿子的坚持下，一学期的培训内容全部完成了，一节课也没有落下。

当学完最后一节课时，儿子长出了一口气："终于不用再学了"。

兴趣是最好的老师。这句话是对的。

硬逼着孩子去做一件自己不喜欢的事情，效果确实未必会好到哪里去。

吉他班的告一段落，丝毫没有影响儿子对音乐的喜爱。他每天都会听上几遍《乐高幻影忍者》主题曲，并跟着曲子哼唱几句。一次，儿子看着他的吉他，说了一句："也许长大一些我会喜欢上它的。"

关于美术

一

上幼儿园时，儿子报了一个美术班，一直坚持到了现在，中途没有间断过。

儿子两岁生日那天，妻子送给他的小礼物是一套绘画丛书和一盒蜡笔，儿子很喜欢，没事时就拿出来在本子上画一画。儿子画画时，有时会安排妻子当他的“助理”，当使用完一支蜡笔时，儿子就把蜡笔交给妻子，请妻子帮他把笔帽盖上，然后再帮他拿出指定的其他颜色的蜡笔。那样子，很有一副小画家的范儿。

和他大姨家的小姐姐同上一个班，一直是儿子期盼的事。虽然两人有过幼儿园中班短暂的半年同窗生涯，但儿子总是念叨“要是能和姐姐在一个班上学就好了”。这一愿望终于在美术班上实现了——两

人同上一个班，同在一个画室学绘画。这也成了两个小家伙众多开心事情中的一件。

二

在儿子的笔下，诞生了许许多多的图画，其中有汽车，有坦克，有鱼儿，有小鸟，有恐龙，有花朵，有建筑，有漫画人物……

这些画的表现形式也各不相同，有彩泥画，有树叶画，有立体画，有水彩画……

为这些作品找一个合适的地方安置，也着实费了妻子一些脑子。起初妻子将儿子创造完成的作品集中在了一个文件袋里，但之后由于纸张型号的不同，大小不一的画作已难以放入同一个袋中，于是又改放在书架的最下层，但短短的几个月后就放满了。最后，妻子和儿子商议，把家中一堵面积最大的墙充当了展板，将儿子中意的画作有序地排列了上去，并不断补充着。

儿子很满意。他的作品终于有了“展”露头角的地方了，像是在举办一个小型画展。

三

坦克是儿子着墨最多的对象。

打算绘画时，儿子就在他的蜡笔、彩笔、马克笔中选取一种，开始构图。

最早画坦克时，儿子把他的坦克图书拿出来，照着上面的车辆形状开始画。如果对画作不太满意，会说一句“唉，没画好”，然后再找一张纸，重新开画。

到后来，儿子画坦克时，已不再参照图书，而是凭借记忆力在画。几个车轮，几只炮筒，几挺机关枪……整个过程，胸有成竹。

在观看了 KV44 坦克的动画视频后，儿子对 KV44 坦克产生了浓厚兴趣，便经常去画 KV44。每集动画虽然只有短短的几分钟，但儿子都会目不转睛地盯着。每次看到喜欢的类型，如冰封坦克、火焰坦克、无名坦克、鼻涕虫坦克等，儿子都会让我们用截图的形式把这些坦克进行保存，然后仔细地画下来，现在家里已积攒了厚厚一摞坦克手绘稿。

画好的 KV44 坦克栩栩如生地停留在纸上。那一层层的炮塔，一根根的炮筒，一挺挺的机关枪，鳞次栉比地排列着，井然有序。在色彩搭配上，儿子也动了一番脑筋。白色不用，黑色少用，粉色不宜用，两个接近的颜色不能相邻……

从构图到画毕，再到涂色完成，没有四十分钟的时间，一辆坦克根本画下不来。在整个过程中，儿子一动不动地坐在那里。

自从看了影片《哥斯拉》后，哥斯拉也逐渐进入儿子的绘画范畴。儿子经常拿着画好的上了不同颜色的哥斯拉让我们做比较，问哪一幅画是我和妻子最喜欢的。看着那些活灵活现的哥斯拉，我们觉得每一幅都不错，还真是挺难做出选择的。小家伙的绘画水平确实在逐渐提高。

四

新冠肺炎疫情期间，儿子邀我和他一起绘画。儿子问我会画什么，我说除了鸡蛋、兔子和刀勉强能画外，其他好像没有会画的。儿

子又问："会画蛇吗？"我说："没画过。"儿子说："那我教你吧。"儿子画一条蛇，我便在草稿纸上也学着画一条。一会儿的工夫，居然画得和儿子的蛇有几分相似。我问儿子画得怎么样，他点点头，说还行。

得到儿子的认可后，我俩便开始在一张大纸上画起了蛇。儿子的整体构图是一个山洞，山洞里有弯弯曲曲的几条隧道，隧道里分布着许多大蛇和小蛇。

我的任务是和儿子一起将蛇画在隧道里。经过半个多小时的努力，那些大大小小的蛇在隧道里找到了各自的位置——有在书房的，有在食物储藏室的，有在椅子上的……一张画就绘制完成了。儿子拿着画好的画，高兴地和他妈妈说："看，这是我和爸爸一起画的，爸爸一共画了十三条蛇。"

五

一次，我和儿子说："我看你很有语言天赋，长大后也和爸爸一样，当一名作家吧。"儿子听后摇摇头，说："不当，我要当一名画家。"可见儿子对绘画的钟爱。

在小学一年级的报名课上，需要填一些学生的基本信息，里面有一栏"学生特长"，我问儿子："填什么内容呀？"儿子悄悄贴着我的耳朵说："填美术。"之后的美术课上，儿子经常拿着被老师评出的好作品和另外几位同学一起站在讲台上，接受表扬。

六

2017年的父亲节，不到5岁的儿子给我手绘了一条纸质领带，领结处是一朵浅蓝色的五角花瓣，花瓣下是蓝黄色的半圆环状图案。再下来是五条宽窄不一、样式各异的条纹，有粉黄色三角形、蓝绿黄相间的竖条、黄色波浪线、红色心形、粉色电话线、红蓝田字格，均有序地排列在领带上。最下面则是儿子用他喜爱的荧光绿所勾勒出的5朵小花，静静地绽放着。整体构图可爱又大方。

我将儿子用心制作的领带发到了微信朋友圈，顷刻间，点赞与好评如潮。

在这个世界上，最能打动人心的，莫过于爱。

关于美食

一

儿子现在基本不怎么吃零食了，这一点倒像个小男生。

在正餐里，儿子对肉类的兴趣度较高，和我相比，有相似的地方。我虽然喜欢吃肉，但只吃瘦肉，不吃肥肉。儿子也一样，只吃瘦肉，不吃肥肉。如果在有限的肉类里进行选择的话，羊骨髓、可乐鸡和土豆炖鸡腿算是儿子钟爱的对象。

在小区周围有两家羊蝎子店，羊脊骨做得都不错。有时我们会带着儿子去这两家店用餐，但他都是冲着羊骨髓去的，无关脊骨。后来，我们索性自己从菜市场买回新鲜的脊骨，炖好后，给儿子吃骨髓。

妻子做可乐鸡很拿手，每次儿子都吃得津津有味，一个两个三四个，五个六个七八个，吃到酣处，嘴唇四周都是可乐鸡的汤汁。

土豆炖鸡腿则一直伴随着儿子的成长。儿子出生后，从会吃饭起，就一直喜欢土豆炖鸡腿这道菜，尤其是对里面的土豆，更是格外青睐。

鉴于对土豆的喜爱，在素菜里，炒土豆片也是儿子比较喜欢的一道菜，喜爱程度和西红柿炒鸡蛋难分伯仲。

二

在儿子还曾对零食念念不忘的岁月里，QQ 糖曾一度占据着重要位置。

我们记录的关于儿子说过的语句中，很多都涉及了 QQ 糖。如，“妈妈上班给小宇买 QQ 糖”“吃 QQ 糖能长高不？有营养没？”

怀着对 QQ 糖的无比好奇，我曾专门尝了一次儿子的 QQ 糖，想发现一下这里面到底有什么诱人的东西，竟能使儿子对它如此痴迷。等放到嘴里才发现，QQ 糖也就是一块胶皮糖而已。

在幼儿园毕业前夕，儿子对 QQ 糖的喜爱程度似乎在下降，不知是他考虑到了自己的牙齿，还是 QQ 糖对胃的诱惑力度在减弱。

三

三岁时，一次儿子和我说：“爸爸喝小宇的罐头水吧。”我说：“爸爸喝完了，小宇就没得喝了。”儿子说：“小宇喝一口，爸爸喝一口；爸爸喝一口，小宇喝一口；大家一起喝。”儿子懂得和别人分享好吃的了，我听了很开心。儿子对罐头也挺喜欢，尽管它被人们列入了垃圾食品的范畴。

在我小的时候，对罐头一直垂涎三尺。如果按诱惑力排名的话，它绝对在糖果之上。那时候，对于一个连糖果都不能想吃就吃的小孩儿，吃罐头只能是一种奢望。但有一种情况可以吃到罐头，那就是生病了。每次有个感冒发烧，母亲就会问我想吃点啥好吃的，我马上就会说出“罐头”两个字。说来也奇怪，吃完罐头之后病就好了，当然，我觉得起主要治疗作用的，还是那一支针剂。我隐隐约约记得，在 6 岁左右的时候，一次，我的身体稍微有一点儿不舒服，我便又习惯性地想到了罐头。但我心里明白，按以往病情严重程度与罐头挂钩的惯例看，我这次是吃不到罐头的。于是我心生一计，赶紧躺着炕上，故作难受状，哼哼吱吱的，表情也夸张了许多。母亲又照例问我哪里难受了，难受得厉害不，还没等母亲接下来问我第三个问题——“想吃点啥好吃的”时，我就抢着说出了“我想吃罐头”。于是，又像以往一样，吃完罐头之后，我的病就马上好了。

但受“垃圾食品”阴影的影响，儿子再在超市里看到罐头时，弄得我们有点畏首畏尾，是给他买呢还是不给他买呢？

四

儿子喜欢吃面条，这一点和我高度一致。我一周不吃一次面条，感觉有点对不住胃似的。尤其是头一天晚上喝完酒，第二天早上如果不来一碗面，整个胃都难受。

儿子喜欢的面条有西红柿鸡蛋面、肉丝面、炸酱面等。

西红柿鸡蛋面做起来比较容易一点，连我这样的业余厨师都能比画了。但儿子吃完我做的西红柿鸡蛋面后，又以其“童言无忌”的方式进行了点评：“爸爸做的西红柿鸡蛋面不如妈妈做的好吃。”我立即狡辩一句：“应当是手法不一样，口味不一样吧。”儿子又重复了一遍：“就是妈妈做的好吃。”

肉丝面和炸酱面这样比较复杂一点的面食，我就“不方便”动手了，只能由妻子来完成。在肉丝面里，妻子一般选取的食材有：手擀面、肉丝、绿豆芽或韭菜、胡萝卜丝和番茄酱；炸酱面选取的食材有：手擀面、黄瓜丝、胡萝卜丝、荷包蛋和黄豆酱。

不知是妻子确实做得好，还是儿子确实爱吃，有时候他会一连两三天点名要吃肉丝面。

五

妻子在早晨时，常会做一道汤，将苹果、梨、胡萝卜都切成丁，放红枣数颗，冰糖少许。我们一般称其为苹果汤，尽管它里面不独是苹果。

儿子非常喜欢这道苹果汤，而且一旦喝起来，基本就取代了白开水。

当他感觉口渴时，便趿拉着拖鞋，走进厨房，用勺子将汤盛于碗内，一会儿的工夫，一碗汤就喝进去了。再过上一会儿，儿子又进入了厨房……

从妻子早晨上班到晚上下班回家，一小锅苹果汤基本就被儿子搞定了。

到了晚上，儿子和妻子说：“妈妈，明天再熬苹果汤吧，真好喝。”

雨水与水

一

儿子非常喜欢水。

二

一到下雨天，儿子就兴奋得不得了。因为雨停后，他就可以出去踩水了。

爱屋及乌。因具有关联性，儿子也喜欢上了阴天。我是一直这样认为的，当然，猜测的可能性很大，不排除儿子就是单纯地喜欢阴天，就像单纯地喜欢雨天一样，二者并没有关联性。

当早晨起来看到天灰蒙蒙时，儿子就显得心情很愉悦，要么冲着我喊：“爸爸，快看，今天是阴天。”要么冲着妻子喊：“妈妈，快看，今天是阴天。”

然后，紧接着儿子就会问一句：“今天会不会下雨啊？”

雨过天晴，如果看到地面上有水滩，儿子会故意踩着水蹚过去，哪里水深往哪里踩。

我和妻子在身旁紧喊慢喊，他已经将脚迈了进去，边迈边还一个人偷偷地乐，显然是假装没听见。

等他一脚下去，整个鞋子连同袜子全都湿了。见鞋袜均湿，他索性昂首挺胸直接蹚了过去。

之后，妻子给儿子买了雨鞋。

穿上雨鞋后，儿子更是“肆无忌惮”地行走在水滩里。而此时的行走似乎也已平庸，他开始创新，边走边使劲跺脚。一脚下去，雨水向四周呈扩散状飞溅，有时由于力道太大，一小部分会向上直冲，一小部分会直接溅到裤腿上，还有一小部分会飞落到上衣上，一点两点三四点。

对于弄脏衣服的事，儿子显然没有在乎，还在忘我地跺着脚。我一直觉得，一个“正常”的人，就应当是在各个年龄段去做各个年龄段该做的事，而不是顺序颠倒。譬如，此时儿子的跺水而不顾及衣服；譬如，二十多岁的年轻人谈情说爱，而不再去玩尿泥。

有时送儿子到幼儿园时，天正下雨，他便会一路不安地问：“放学时，会不会有水滩？水滩会不会干？雨一会儿会不会停？”

当放学后看到沿路的水滩时，儿子便激动了起来：“爸爸，快碾过去！”当车轮从水滩驶过时，瞬间飞溅出去的水线让车内的儿子欢呼不已。因这条路上行人、车辆稀少，开车轧水成了雨后我和儿子经常选择的娱乐项目。

回到家后，儿子赶紧换上雨鞋，跑到楼下，再次重复着他的踩水、蹚水、跺水游戏。

三

雨不会天天下，儿子玩水的心却时常有。

于是，在没雨的日子里，他自然将目光移到了家中的水龙头上。

当儿子的个子还够不着水龙头时，他便搬来一个小凳子，站在上面，用小手转动着水龙头的开关，注视着“哗哗”流出的自来水。

当水池里的水盛到一定程度时，儿子就会从凳子上下来，把那些他认为应该放到池子里的玩具悉数放进去。儿子玩起水来一副聚精会神的样子，直到两只小手被泡得泛白，被我们从凳子上抱下来，才会停止。

而在之前儿子还不会走路时，我会接一盆水，放到爬爬垫上，儿子则坐在盆子旁边“啪啪”地拍打着里面的水花，或者将一套带有磁铁的玩具鱼放入盆内，执着地玩着垂钓的游戏。

四

随着年龄的增长，水枪和喷壶成为儿子在室内玩水的工具。

儿子手里端着一把水枪，游荡在客厅和卧室之间，寻找着攻击的目标，一副“无所事事”的样子。

花盆和玻璃，一般是被攻击的对象。

有时，儿子也会趁我或妻子不注意，冷不丁朝我们身上喷射出一股水来。

男孩子的调皮是天生的，即便再怎么内向，终究和女孩子是不一样的。

夏季的周末，我们会带着儿子到一些有水的地方转转。

在清澈的小河里，儿子会穿着凉鞋将整个脚丫泡到水里，观察着水流经过脚面的场景。

在山间的小溪旁，我们几人会玩打水仗的游戏。将矿泉水的瓶盖提前扎几个小孔，挤压瓶身时水就会从瓶盖的小孔内喷射而出。每人手持一个矿泉水瓶后，三人开始相互射击。一会儿的工夫，每个人的衣服都湿漉漉的，像是刚被雨水淋了一样。好在天气炎热，同样是一会儿的工夫，衣服便全干了。

一看到湖面上停着的脚踏船，儿子就想上去玩一会儿。他喜欢观看船只前进或后退时，船底泛起的阵阵白色浪花。而第一次玩脚踏船时，刚划出水面没多久，儿子就吓得不敢再坐，哭嚷着要回去。随着乘坐次数的增多，儿子的胆量也逐渐大了起来。等后来，就是一副悠然自得的样子了。再之后，儿子就参与到操作方向盘和脚蹬的事务中来，两只小手忙不迭地比画着，两只脚也忙不迭地踩蹬着，俨然一个小司机。

五

观赏喷泉，也是儿子喜欢的项目。

由水而衍生出来的项目，好像他不喜欢的少。

在居住的城市里，有喷泉的地方寥寥无几。

夏季的夜晚，一个叫如意河的广场有时会播放音乐喷泉。

每到播放的时候，偌大的广场居然被前来观看的人们围得水泄不通。所谓人山人海，毫不为过。广场周围的道路上停满了各种私家车，稍稍晚一点过去的人们只能把车停到很远的地方，再步行走到广场。大量的交警在指挥着交通，维持着车流秩序。

这种盛大场面的出现，可以说明两个问题，一是音乐喷泉确实受老百姓青睐，二是音乐喷泉并不是经常播放，物以稀为贵。

伴随着音符的流淌，喷射而出的水线像一个婀娜多姿的舞女，时而静如处子，时而又动若脱兔。高亢处，水线有直冲云霄的气势；低沉处，又一落千丈，像一粒尘埃。

融入色彩和三维元素的各种造型的不断变化出现，将音乐喷泉推向了高潮。

随着喷泉节奏的变化，儿子时而振臂，时而惊叫，手之，舞之，足之，蹈之，赞美之词不绝于口。

六

孔子曰：“知者乐水，仁者乐山。”

其实不论是智者，还是仁者，不喜欢水的好像不多。

老子说：“上善若水，水善利万物而不争，处众人之所恶，故几于道。”

以上两位圣贤的话，我都同意，水确实是个好东西，儿子喜欢，我也喜欢。

雪

一

像喜欢雨一样，儿子非常喜欢雪。

每当看到雪花飘落，儿子都会兴奋地叫起来："爸爸、妈妈，快看，下雪了！"

儿子一直喜欢阴天，我觉得这应当与雨雪有关。经过一番研究，我分析有这么几种可能：一是对阴天本身，他很喜欢，因为阴天没有刺眼的阳光，而是给人一种朦胧的意境之美；二是阴天就有可能下雨或下雪，雨和雪又都是他喜欢的，尤其是雨和雪落地后衍生出来的娱乐项目，更具吸引力。当然，就像我之前说过的，这纯属我的猜测，因为儿子从来没有和我讲过这三者之间的关系。既然是猜测，就不排除儿子是单纯地喜欢阴天、雨天和雪天，且三者没有任何关联。

望着天空晃晃悠悠的雪花，儿子常叫上我和妻子一起站在阳台的窗户前观赏。

看雪花落在地上，是一种享受。

一片、两片、三四片，五片、六片、七八片……无声无息，不急不躁。开始时还略带羞涩，娇小而精致，稀疏而舒缓；继而，便放松开来，大片大片地飘落而下，密集而夺目，像羽毛，像落叶，像蒲扇。

夜晚的雪则是另一番韵味。路灯下，雪花纷纷扬扬地飘落，带着一缕柔和的灯光。仰望天空，呈喷射状齐刷刷向下散落的雪花，像划过夜空的流星。

二

雪一停，儿子便开始在雪地上踩雪了。

穿上专门的踩雪鞋，在楼下的空地上，儿子用他的脚印绘制着心中的图案。我则两脚呈锐角，走出一道像大车轮胎碾压过的痕迹来，这是我小时候经常制作的图案，一直沿用到现在，没有更新过。

堆雪人，是儿子在雪后的重要娱乐选项。

能够成功堆出一个雪人，前提是雪要够大。如果只是薄薄的一层雪，风过了无痕，是堆不了雪人的。

妻子一参与，堆出的雪人就好看多了。胖胖的身子，圆圆的脑袋，再加上一双耳朵、两只眼睛、一只鼻子，活灵活现。脖子处的一根“领结”，越发使雪人显得漂亮了许多。心灵手巧这件事，是与生俱来的，与后天无关。以我为例，但凡涉及技术含量的手工活儿，一般都做得不咋地。如果维修一个东西，基本就两种情况，一是修和不修一个样，二是直接修坏了，不如不修。而后者出现的概率往往还大于前者。所以，只要一听说我要修理家中的一个物件，妻子就挺紧张的，毕竟与其修坏还真的不如不修。

有时，儿子会带着他的遥控大脚车或其他遥控越野车，在雪地里驰骋，哪里雪厚往哪里走，以此来检阅车辆的越野性能。等到车辆的电池耗尽，包括携带的备用电池也都耗尽时，他才满脸不尽兴地停止了遥控操作。

与刚落下时的松软状态不同，雪在地上待得时间久了，经过风吹日晒，便瓷实了许多，踩上去会发出“嘎吱”“嘎吱”的响声。在雪上，儿子使劲跺着脚，边跺边低头聆听着这“嘎吱”声。

打雪仗，也是雪后必不可少的项目。儿子用雪球攻击的目标，一般是我和妻子。城里长大的孩子就是这样，想找个玩伴还真不是一件容易的事，尽管防盗门咫尺相对，但里面的人老死不相往来。所以，和父母一起玩儿，成为一个普遍的现象。不像我们小时候，如果要打一场雪仗，根本不用和父母比画，同龄的小朋友就足够了。沿着村庄的土路走一遭，站在小朋友家的大门口吼一嗓子，一会儿的工夫满街全是小朋友。打起雪仗来也热闹得多，混战一开始，不知道雪球是从哪个方向飞来的，也不知道下一秒谁会对你动手，只见雪球“嗖嗖”飞舞，雪花随球四散，仿佛一副秋收忙碌的景象。

和儿子打雪仗，不能像小时候和同龄人打雪仗一样使出洪荒之力，要悠着点。雪球不能太瓷实，力气不能太大，否则打在身上真的很疼。如果一不留神，把小朋友打哭了，那就适得其反了。除了正面攻击外，儿子还会使用迂回战术，转到身后偷袭我们一下。当打到酣处，儿子手套上沾满了雪花，有的已经融化并浸透到手套内，他却丝毫没有停歇的意思。小孩儿终究是小孩儿，没有一丝的娇情，抗冻得很。

三

尽管儿子很喜欢雪，但每一场雪后，玩雪的时间不会太长，因为过不了多久，雪就没了。雪不是融化了，而是被清理掉了。

雪落到城里与落到村庄是两种完全不同的待遇。

在城里，好不容易遇到一场大雪，雪还没停稳，几台硕大的铲雪车便会出现在路面上，紧接着，便是倾斜而下的融雪剂。车辆所过之处，溅起坨坨黑雪，夹杂着发黑的雪水，行人唯恐避之不及，一不留神，就可能被溅到身上。即便雪落在小区，也会很快被清洁人员清理掉。

村庄的雪则不一样。远处，漫山遍野，白茫茫一片；近处，屋顶、树梢、院内，无一遗漏。不管雪下在哪里，从它落地的那一刻起，直至消失，没有人会去干涉，任由它自生自灭。如果非要找出一处干涉的痕迹来，最多也就是主人在院子里扫出一条窄道来，供人行走。所以，村庄的孩子们玩起雪来，基本不需要像城里的孩子们那样考虑“抓紧时间”与“争分夺秒”的问题，雪就躺在那里，什么时候想玩，出去即可。有时一场雪还没有化尽，另一场雪又来了。老天高兴时，整个冬季也许都不会缺雪。

四

坐在一个像轮胎模样的东西上从陡立的坡顶上快速向下俯冲，是儿子最喜欢的雪上运动项目。

我专门查阅了一下相关资料，发现这个轮胎模样的东西，有两个名字，一个是滑雪圈，另一个是雪上飞碟。

最早在游乐场看到这个东西时，儿子年龄还小，不敢坐上去，只是站在雪地里远远地望，看着别的小朋友快速滑行的场面。

儿子三岁时，依旧不敢坐在滑雪圈上向下俯冲，而是选择一些坡道较缓的滑道，坐在塑料滑板上往下滑。

等到儿子四岁时，当我们再次问他敢不敢坐在滑雪圈上滑下来时，他有点犹豫，说爸爸或妈妈抱着他的话，他敢。于是，我或妻子抱着儿子从坡顶飞驰而下，途中滑雪圈不时撞击着滑道的两侧，在旋转着滑出较长一段距离后，才停在雪地上。滑了几次后，儿子的胆子明显大了许多，没有了先前的紧张。当我们问他敢不敢自己试着滑一次时，他居然同意了。伴随着欢快的惊叫声，儿子快速地从坡顶沿着滑道冲了下去，中途依旧在滑道内左撞右碰，同样在旋转着滑行了较长一段距离后，停在了雪地上。

有了第一次的尝试，儿子便越玩越起劲，一次又一次地俯冲着，整个脸蛋冻得通红，但丝毫不减参与的热情。直至太阳偏西人们基本快走完时，他才恋恋不舍地离开了。

自从儿子喜欢上这个刺激的雪上运动项目后，每年冬天，我们都会带着他到游乐场玩上一两次。每一次，儿子都是带着欢乐、大汗与通红的小脸蛋满载而归。

滑　冰

一

像喜欢雪一样，儿子也非常喜欢冰。

如果在地面上看到有一溜冰的话，尽管长度很短，短到可能只有一米，儿子也要跑过去滑一下。

在城里想滑冰的话，就像在城里想滑雪一样，不是一件容易的事，想滑，必须得到专门的游乐场所去，然后买上门票，以消费的方式进入。

这在我们那个年代是不可思议的事情。

小时候，门前就是一条小河，从大门口到河边的直线距离不超过一百米。冬季一到，河面就结了冰。当某一天的天气暖和时，冰面上就会有水溢出，等温度一降，溢到冰面上的那层水就成了覆盖旧冰面的新冰层。如此反复，冰层便越来越厚，冰面也越来越宽，远远超过了河面原有的宽度。到数九寒天时，冰面便不再溢水，整个冰面彻底冻结实了。有时，受内部作用影响，冰面会鼓起一个大大的包来，形如圆锥，像一个倒扣的漏斗。我们通常称这种情形为“冰暴”，即冰面暴突之意。

在小河的冰面上滑冰，是不需要购买任何门票的。小河从山间顺流而下，经过村庄后又匆匆流向了下一个村庄。小河所过之处，畅通无阻，无门可言。村庄里也没有人会寻思着将小河围起来，然后去卖门票，人们还没有无聊到那种份上。小河是大自然馈赠给人类的，没有谁可据为己有。所以，在村庄的河面上滑冰，想滑就滑，滑得酣畅。而且滑将起来，不受时间限制，可以随时光临，只要你不怕冷、不怕黑、不怕摔，整宿待在那里也没人管。不像在城里，购买门票后，还要受时间段的限制，一到规定时间，就必须得离开。游乐场以盈利为目的，是不会考虑顾客是什么时候来的、玩了多久、是否尽兴……

虽然“顾客是上帝”，但有时候“上帝”也很憋屈。

二

在居住的城市，每到冬季都有几处可供人们滑冰的娱乐场所营业，门票大都是成人 98 元，儿童 48 元或 58 元。

在这些娱乐场所里，有的是天然冰，即平时为湖水或河水，冬季时自然结冰形成；有的是人工冰，即在一处地势平坦的地方，浇水而结冰。人造冰场与天然冰场是无法相比的，无论是长度、宽度，抑或是整体感觉，总觉得缺少了什么，玩起来也不在一个层次上。

在城市的西南位置，有一个湿地公园，平时湖面很宽，冬季时冰面也很宽。这个地方最吸引人之处，是游乐场承包方提供的木制冰车。一看到这个东西，使人瞬间回到了童年。

这种木制冰车，在我们小的时候，小朋友们基本人手一台，其普及率已达到了“小康”标准。

木制冰车的构造并不复杂，车面是一排整齐的木板，木板下面是两根长方体木块，木板与木块呈垂直状态。通俗地讲，就是在两根木块上放着一排木板，就像在两根轨道上停着一列火车。在每根木块的下面，是一根铁条。这些便构成了冰车的主体。铁条的作用是减少木块与冰面的摩擦力，以达到快速滑行的目的。每个冰车配有两根头部很尖的铁棍，类似于船之双桨。这样，一个完整的冰车就出炉了。人坐在冰车上面，两只各握铁棍的手朝冰面用力往后一扎，冰车便“嗖”地向前冲去了。

因第一次使用这种木制冰车，儿子操作起来还不太熟练，滑行一会儿后便改为自行车冰车和椅子冰车了。这两样冰车我还是头一次见，看来，各个年代都有各自特有的娱乐工具。自行车冰车，就是在自行车的下面加装了一个铁架子，这样自行车不至于摔倒，而且同样利用了铁架子与冰面摩擦力小的原理。人坐在自行车的座上，用脚蹬着脚蹬子，自行车便前行了。椅子冰车基本就是人坐在支架为金属的椅子上，用两个尺寸较长的铁棍向后扎向冰面而前行。

不知是怀旧的心情在起作用，还是真的习惯了童年时的木制冰车，在尝试了一番其他类型的冰车后，我还是觉得木制冰车好，无论是操作的方便度，还是滑行的速度，都是其他冰车无法比拟的。

为了让儿子体验一下木制冰车的优越性，我让他以坐在我腿上和趴在我背上的两种形式进行现场感受，儿子嘴里不停地说着：“这个车还真的挺快。”整个过程下来，感觉我是在向儿子推销我的童年。

儿子有时会和我们比赛谁滑行的速度快。我、妻子和儿子各使用一种滑行工具，在同一个起跑线上开始发力，向着事先说好的终点进发。这一滑，仿佛又回到了童年时小伙伴们在冰面上你追我赶的热烈场面。

三

在冰面上的另一种玩法，就是侧滑。在老家，这种玩法叫“打滑擦儿”。具体操作流程为，助跑一段距离后，两腿稍稍分开，侧着身子向前滑行。

儿子似乎早已悟出了这种滑行方式，因为他会不时侧着身子向前滑一段，只不过动作不及我们熟练和标准。当然，儿子也不知道，在我们小的时候，这种侧滑居然还有那么一个有趣的名称。

侧滑时如果不小心，是容易摔倒的。好在我们还没有摔倒过。

四

冬季终究是短暂的。

春节过后，天气逐渐转暖，冰雪就开始融化了。

想滑冰，只能等到来年了。

沙子、沙漠与土

一

生活在城市中的人们，每天见到的都是坚硬的马路、高耸的楼房和呼啸而过的汽车，就近可供停歇一下脚步的，也只有被马路夹在中间少得可怜的几处广场和公园，而掺杂着汽车尾气和土腥气味的污浊空气试图连这也不放过，沿着广场和公园的四周逐步向内渗透，层层深入、再深入。

比起这些想躲都躲不过的东西，对于喜欢玩沙子的孩子们来说，想在城里找到几处可供玩耍的沙子，就比较困难了。

一次偶然的机会，我从阿拉善盟带回两矿泉水瓶沙子。沙子是从沙漠上灌装的，是纯沙子，粒小而绵柔，犹如筛子筛过一样，似尘而非尘。儿子高兴得不得了，经常蹲在盆子前，用自己的小铲子、小翻斗车在盆子里装载、运输、卸载，再装载、再运输、再卸载着这些沙子，循环往复，一副永不疲倦的样子。

我瞅着这点沙子，越看越觉得有点少，再想想那浩瀚的沙漠，后悔当初没有给儿子多装一点。

几个月后，一位鄂尔多斯的同学来呼和浩特，席间，我提起如果他下次再来时，帮我带点沙子，因为他们那里也有沙漠。同学说没问题。说过之后，我也没有太在意，酒桌上的话，很多就是说说而已，说过也就说过了，没有多大现实意义，就如人们结束聊天时的口头语“改天一起吃个饭”一样。

但没过多久，同学给我打电话，说他把沙子带到呼和浩特了。我听后一惊，像这样在饭桌上还如此言而有信的人现在真的不多了。

同学非常实在，在汽车后备厢里的一个塑料袋子里装了约三四十斤沙子，说这是他专门到沙漠上装的。我把这沉甸甸的沙子搬上五楼时，出了一身汗。

岳母责怪说，弄这么多沙子干啥呀，有点玩的就行了。我没有理会。我想的是，如果能把整个沙漠搬到家中，那才有意思呢。

儿子高兴得差点儿跳起来。之前的盆子显然小了，妻子从床下找出家里口径最大的一个铝盆，这是过去那个年代人们用来洗衣服的。将沙子倒入盆内，满满的一大盆。儿子把他认为可以进入沙漠的心爱玩具悉数搬入盆内，展开了他更大规模的沙上运动。

最酷的玩法是，把一辆体积较大的红色遥控越野汽车放入盆内，按下遥控键，在沙漠中开始冲浪。随着车轮的快速转动，无数的细沙沿着轱辘向后飞溅，形成一道沙线，场面很是壮观，仿佛一辆真实的越野车驶入了沙漠腹地。但几次下来，问题也出现了，沙子钻入汽车发动机，无法启动了。我打开车体，试图进行清理并修复，怎奈天生笨手笨脚，折腾了半天，涛声依旧，只好将拆卸的零件重新安装好。

我对儿子说："要是你大爷在跟前的话，几下子就修理好了。"我哥天生心灵手巧，小时候经常无师自通地修手表、修收音机、编竹筐、制作木质兵器，给侄女做出来的各种手工制品都堪称是艺术品，如果放到网上，都会卖出一个好价钱。儿子认真地说："那给大爷寄过去吧。"我说："还是算了吧，来回运费加起来，能买一辆新车了。"

星期天，我拿着这辆越野车到一家规模较大的电器城试图修理，几个师傅看后都摇摇头，说玩具车不修。我觉得从技术层面讲，修一辆玩具车根本不是问题，问题是他们觉得这活儿太小，懒得去接。有一位好心的女摊主虽然也没有接活儿，但送了我一个小零部件，说你回家自己鼓捣时可能用得着。我只好沮丧地将那辆越野车拎回家，摆在电视柜上，作为模型陈列在那里。

经过这件事后，儿子也不敢再把可以遥控的车辆放入沙内冲浪了，冲浪虽酷，但比起弄坏，还是不冲为好。

多年以后，这盆从沙漠上移来的沙子除了弄脏的一部分被扔掉外，其余部分依旧静静地躺在阳台前的纸箱内。

二

在离呼和浩特约 100 千米的一个地方，有一处沙漠，被开发成了旅游景区，景区内设有好几个景点。

鉴于这是离城区最近的一处沙漠，在儿子上小学前，我们带他去过两次。第一次是对景区的整体游览，第二次是在沙滩上集中玩沙。

来到沙漠，不坐越野车冲一次浪，就相当于白来了一趟。一辆可以容纳二十多人的不知是特制还是改装的车辆飞驰在沙丘之间，像一匹脱缰的野马。儿子坐在我身旁，紧紧抓着扶手。车辆似乎专选不平的路走，这样才能体现出越野的性能来；车辆似乎又专挑极高与极低的顶点来走，这样才能体现出驾驶员的水平和冲浪的刺激来。于是，在车子爬坡时，其近乎夸张的角度，感觉它要站立起来。而车子下坡时的俯冲，又感觉它要一泻千里。一路下来，大有一种“上天入地，上下求索”的感觉。整个冲浪的过程，儿子惊叫不断。

一列不长的观光小火车载着游人来来回回穿梭在沙漠深处。由于人多座位少，需要排很久的队才能坐上。而从火车下来后，又需要走很长一段路，才能到达下一个景点。在炎热的户外，着实是一种受罪，由此也可以看出设计者当初设计时的缺乏人性化。坐完小火车后，我们决定下次再也不坐了。有些地方只适合来一次。

而在另一个景点停着的几辆造型很酷的四轮沙漠摩托车，吸引了儿子的目光。小孩儿与大人的区别在于，小孩儿喜欢一个东西时，眼睛会盯着这个东西不停地看，甚至是目不转睛，喜欢之情溢于言表，不遮不掩。大人则不一样。大人喜欢一个东西时，眼睛有可能会直接盯着看，也有可能会“拐弯抹角”地看，还有可能会“视而不见”，真实的情感有时会直接表达出来，有时会半遮半掩，有时还会言不由衷。

我们问儿子想不想坐沙漠摩托车，他说想，但自己不敢坐，要我和他一起坐。这辆车允许游客自己驾驶体验，但考虑到安全性和路况等因素，我们还是让专业的驾驶员来驾驶车辆，我和儿子坐在一旁。

沿着起起伏伏的沙丘，我们再次驰骋在沙漠之上。驾驶员是一位年轻的小伙子，车技也了得。摩托车在他手里变得随心所欲，时而陡立，时而腾空，时而俯冲，时而急转。一路上，儿子紧紧抱着我。短短的几十分钟结束后，儿子直呼刺激，还摆着造型与摩托车合了影。

从摩托车下来后，我想起了之前曾带儿子到城区附近的一个水库游玩时，乘坐景区内水陆两栖游乐坦克车的场景。同样是我陪着儿子坐在一旁，由一位专业驾驶员驾驶着坦克，在崎岖不平的道路上急速前行。这辆水陆两栖坦克车吸引眼球的地方有两处，一是急速的俯冲与转弯，二是在水中行驶。儿子兴奋地看着坦克车驶入水面、水中前行和驶出水面的整个过程，感叹着“两栖”的神奇。从坦克车下来后，他还在不停地回望着其他坦克车辆驶入水中的画面。

穿着鞋子在沙漠中行走，是很不方便的，除了步履沉重深一脚浅一脚外，一会儿的工夫鞋子就会被沙子灌满。我们索性把鞋子脱了下来，拎在手里，光着脚丫在沙中前行。

在吸收了大量的阳光后，沙子的表面温度变得非常高。脚底接触沙面的瞬间，有一种烫脚的感觉。起先我们很不适应，蹦蹦跳跳地走着，时间一长，逐渐可以放开步子了。

一些长约 10 厘米的蜥蜴不时出现在眼前，在保持一定的安全距离后，驻足回看着我们。我和儿子撒腿追了一遭，一个也没有逮住。另一些蜥蜴则趴在骆驼刺下面的阴凉处，躲避着阳光的直射。

沙漠上到处都是携带着塑料工具挖洞的小朋友。儿子也取出了自己的小塑料铲子，选择好一处地方后，准备开挖。妻子将伞打开，一片阴凉罩住了我们。

儿子挖得非常尽兴，洞口越来越粗，洞身越来越深，里面湿漉漉的沙子被一铲接着一铲地挖了出来，堆在洞口的四周。等挖到约 40 厘米时，儿子的整个胳膊几乎都伸到了洞里，再往下挖就有点费劲了。我接着儿子的活儿干了起来，在洞的底部朝着侧面又挖出一个侧洞来。我边挖边给儿子讲解，在我们小的时候，冬季存储土豆时，就是放在这样结构的地窖里的。

为了让整个洞身变得美观一些，儿子又将堆在洞口四周的湿沙子垒出一个城堡的形状来，不停地拍打、修饰。

时间过得飞快，日头已向西落去，游人们开始陆续向景区出口走去。儿子还不愿回去，想在沙漠里多逗留一会儿，直到天色已有点模糊，才恋恋不舍地起身。在离开时，儿子边回头看着他挖好的洞，边不停地问我们："这个洞会不会被人踩塌呀？"

三

在阳光明媚的日子，我们常陪着儿子到户外玩土。

儿子在下楼之前会将道具准备齐全，这些道具包括了塑料铲子、塑料铁锹和塑料翻斗车。

找到一处有土的地方后，挖土工作就开始了。其实儿子那辆翻斗车，如果装满土的话，不到一斤的分量，用成人铁锹挖的话，最多也就是四分之一锹的事。

但玩就是玩，不能与干活儿类比。而且对于一个两岁多的孩子来说，其重要意义也许比成年人的干活儿还要重要。

儿子将那些浮土一铲又一铲地铲到他的翻斗车内，等一车装满后，便站起身来，拉着系在车头前的绳子，向前走去，边走边回头看，防止土撒到车外。当前面的地面不平整或碰到一块石头、一根树枝时，车子便整个侧翻了，车斗内的土也倒了一地，儿子便转身回来重新装土。

如果地面的浮土不足以装满一车时，儿子便用他的小塑料铲向纵深挖掘，潮湿的深色土壤被一点一点挖了出来，倒入翻斗车内。

整个挖土的过程，儿子都不怎么说话，在全神贯注地挖着。

如果从喜欢程度讲，与沙漠里的沙子相比，土在儿子心中的位置多少逊色了一些。

沙漠不可能天天都去，土却可以随时出来玩儿。

有一种可供玩耍的东西，总比没有强，如此一来，玩土也是一种在可选范畴内不错的娱乐方式。

旅　行

一

在上小学一年级前，儿子有过三次长途旅行。

二

第一次是在 2017 年。

儿子搭乘着他大姨夫的车，来了一趟“说走就走”的旅行。

也许是久在家中，难得有这样一次外出机会的缘故，儿子的心情格外好。一路上，儿子和他小姐姐有说有笑，聊个不停，像两个小大人。

每当听到车上播放他们喜爱的音乐，用孩子们的话说就是“酷”的音乐时，两人的身体也会随着旋律来回摇摆，充满了节奏感。

儿子一路上手扶着他大姨夫座椅的靠背，读着迈速表，“90迈！”“120 迈！”“啊！我真想感受一下 170 迈呀！”

车辆所过之处，清澈的小溪、巍峨的群山、健壮的牦牛、海天相连的湖色、大片大片的油菜花尽收眼底，孩子们发出了“啊！啊！”的由衷赞叹声，像是两位书写现代诗的诗人。

第一次坐大游轮，儿子显得很激动，小手紧紧抓着桅杆，观赏着船尾卷起的白色浪花，低声说道：“青海湖太好看了，我想一直看下去。”小脸一副认真的样子。

一行几人到达壶口瀑布时，天色已晚。汹涌奔腾的黄河水咆哮而下的气势，蔚为壮观。不远处，水流变缓的地方，成为孩子们嬉戏的场所。儿子的小脚丫一会儿东、一会儿西地试探着，“我想体验一下流得快的水的感觉，真舒服，真好玩，我可以再玩十五分钟吗？真是太有意思了！”儿子的语言里满是留恋。

每天一到天黑，儿子就问他大姨：“大姨，订好宾馆了吗？晚上住哪儿呀？”如果得到否定的回答时，儿子便立即嚷嚷着要回家，如果得到肯定的回答时，就会点点头，心掉到了肚子里，放心地和他小姐姐继续玩着。

这次旅行的一个收获是，儿子买回来一只乌龟。也许是因为没有养龟经验，或是别的原因，这只龟在半年之后就死掉了。也是从这只龟开始，儿子开启了他的养龟之旅。

三

第二次是在 2018 年。

在北京动物园，儿子被各种见过的没见过的动物所吸引，尤其是

那些又粗又长的黄金蟒、体形硕大的海龟，一度让儿子驻足不前。

在海洋生物馆里，形状各异、色彩斑斓的鱼，煞是好看。一场海豚表演，更成了全场的亮点。海豚的可爱和顽皮，人与海豚的完美配合，让在场的小朋友们惊叫不已。看到高潮处，儿子高兴得将坐着的身子蹦起几厘米。

不到长城非好汉。我们带着儿子爬上了长城。长城上人山人海，你的头顶到了别人的屁股，你的屁股又挡住了别人的头。站在城墙上，眺望远处，当年狼烟烽火的场景隐约浮现。

在天安门、鸟巢、水立方这些地方，都留下了儿子快乐的身影。

不虚此行。

四

第三次是在 2019 年。

在车里，儿子超级开心，一路哼着小曲，说个不停。

南戴河一望无际的海面上，笼罩着一层薄雾，灰蒙蒙的，几只海鸥在上空盘旋着。

海边的沙滩上或站或坐或走或躺着密密匝匝的游人。

浅海处，有游泳的，有仰躺的，有在里面寻觅的。

我和儿子戴着救生圈一起向大海里走去，我们要游泳。准确地说，我们要在大海里学习游泳。

在大学的体育课上，有两三节游泳课，我扑腾了半天，没有学会，只记得班级里有一位男同学不知是故意还是迷失了方向，游到了女生堆里。参加工作后，我和同事又游过三四次泳，就差一口换气，还是没有学会。结果一到大海里，我“嗖”地就游走了。有救生圈就是好啊，连换气都省掉了，而且游泳的姿势也很快悟到了。

儿子也是第一次到海里游泳，为安全起见，我告诉他在海边玩即可，不要往里游。说完后，我就转身朝海里游去了。等游到设置的警戒线位置时，一回头，儿子居然紧跟着游到了我身后。他竟然一口气游出了三十多米的距离，而且是和我一样的速度。这小子，居然无师自通。

因住的地方离海边只有五分钟的步行路程，来去很方便。每天早晨，我都戴着游泳圈到海里给儿子捡贝壳，等儿子醒来时，我已拣回一大堆。

坐缆车去仙螺岛时，儿子很害怕，怕从上面掉下来，就像他从来不敢坐飞机怕从天空掉下来一样。

在海里，我们竟然发现了一只超大的粉色水母，其体积之大，像一把展开的双人雨伞，让人惊叹不已。

原本想在山海关领略一下“天下第一关”的风采，但因儿子在海中待得时间太长而有些中暑，上吐下泻，我只能待在宾馆里陪儿子。母亲她们几人却目睹了“天下第一关”的真容。

这次出行的时间虽然有点短，但儿子看海的愿望终于实现了。

五

古人说“读万卷书，行万里路”，我觉得这句话是非常正确的。读遍群书，而足不出户，是遗憾的人生。了解一处名胜古迹或自然风景，不论书上描绘得如何栩栩如生，也不及到实地看上一眼。“纸上得来终觉浅，绝知此事要躬行”，这句诗用到旅行上也是非常合适的。

儿子出生以后，我就一直在规划着每年出行的方案，好让他了解这个世界。但苦于上班族的通病，每周短短的两天休息时间，有时还要被其他事情挤占。外出只能等待那个可怜的法定长假。但当大量的上班族都在长假出动时，拥堵又成了常态。所以，很多规划好的行程只能变更、延期。儿子已经 8 岁，长途旅行却只实现了三次，不能不说是一种遗憾。遂羡慕起老师这个职业来，每年两个长长的假期，想去哪里就去哪里。

又有人说，旅行就是从一个自己待腻的地方，到别人待腻的地方去。这句话也对，符合辩证法。但所谓“腻”或“不腻”，主要是一种心境。心随境转是凡夫，境随心转是圣贤。其实不论凡夫也好，圣贤也罢，看看赏心悦目的景色，终究是一件美好的事情。至于“腻”或“不腻”，则属于另一个层次了。

鱼与泥鳅

一

刚满四岁的儿子，从园艺所购买了六条小金鱼和一个鱼缸，开始着手养鱼了。

这些体形不大的小金鱼，其实是很不好饲养的，稍有不慎，就会死掉。这“不慎”里，就包括了喂食过多。据说这种鱼不知饥饱，只要你敢喂，它就敢吃，直到把自己撑死。

我给这几条小金鱼喂食时，儿子常会在一旁提醒我：“爸爸，少喂点，行了，够了，会撑死的。”

不到半年的时间，这些鱼都相继死掉了。是不是被我喂撑死的，就不得而知了。有的小金鱼死后，尸体也不见了，若不是看到鱼头的残骸，还以为它凭空消失了。看来，这种鱼是同类相残的。

除了购买观赏鱼，周末时，我们会带着儿子到公园或河边捞几条小鱼回来饲养。

离单位不远处，有一条河流叫大黑河，里面有很多大大小小不等的鱼，我和妻子常带着儿子到那里去捞鱼。

我们的捞鱼工具是从公园里买来的一根不到两米长的小渔网，是专供小朋友使用的。人蹲在河边，将网伸到水里，等待着鱼儿的入网。姜太公当年钓鱼是“愿者上钩”，我们和他也基本差不多——愿者入网。

一些长两三厘米、宽半厘米的小鱼会自投罗网，虽然过程慢一点。在半天的时间里，我们一般能捞上十多条或二十多条小鱼。成绩好时，能捞到三四十条。

看着这些数量众多的小鱼，儿子高兴地蹲在鱼缸前撒着鱼食。

二

在我们捞鱼的时候，河边往往间隔十多米就坐着一位垂钓者。他们都有专业的工具与配套设备，如头顶的大伞或草帽，屁股下的椅子或马扎，身旁的大水桶，一根长约十米的鱼竿，几袋内容不同的鱼饵。

与这些专业的垂钓工具相比，我们的捞鱼工具连小儿科都算不上。

当我们还在等待着有无两三厘米长、半厘米宽的鱼儿游到网中时，身旁的垂钓者却频频将鱼竿抛向半空，一条条鱼儿应声落地。每一条落地的鱼，体积至少是我们捞上来的鱼的几十倍。

一次，看着身旁那些被一条条投入到水桶中的大鱼，儿子露出了满是羡慕的眼神，说：“我想过去看看他们钓的鱼。”我们收起了自己简陋的设备，欣赏着这些垂钓者的精湛技艺。“哇，又一条！”“哇，这条真大！”儿子兴奋地叫着。临走时，一位垂钓者从水桶里抓出一条十厘米长、三厘米宽的鱼送给了儿子。儿子高兴地欣赏着这条“庞然大物”。比起我们捞的“袖珍鱼”，这条鱼确实属于庞然大物了。一夜过后，这条“庞然大物”便漂在了水上面，死掉了。儿子惋惜地蹲在鱼缸边瞅个不停。我安慰儿子：“估计它是被鱼钩钩死的，多活了一夜，已经不错了。”

三

在城区北面，有一处公园，公园里有一个面积不大的湖，这是我们带儿子常去的第二个捞鱼的地方。

自从去了这个地方后，我们改进了捞鱼设备，向着垂钓的方向迈出了一大步。这次设备的改进，也是向别人学习借鉴而来的。一日，我们继续拿着简易的捞鱼工具——那根从公园里买来的渔网，蹲在湖边等待着鱼儿的入网。旁边的一家人却将一个抛入水中的矿泉水瓶猛地拽了上来，里面有三五条鱼，这些鱼的体形居然是我们平时捞上来的鱼的两三倍大。妻子虚心向对方了解了这个设备的制作工艺，以及放置什么样的东西作为鱼饵。临了，对方赠送了儿子几条鱼。

等我们再次来到这个湖边时，基本可以称为“钓鱼”了，因为我们也制作了一个“矿泉水瓶钓鱼器”，瓶中以馒头为鱼饵，如加些香肠碎效果更好。果然，与以往“愿者入网”的捞鱼方式相比，这简直是质的飞跃，一些体形较大、平时透过水面根本无法看见的鱼竟然会钻了进来。每次将瓶子从水中拽出时，儿子都会兴奋地叫一声“哇，这条真大！”其实，最大的鱼和那些垂钓者钓上来的鱼相比，依旧差了好几个档次。当然，也有一条将近十厘米长的，不过不是鱼，而是一条泥鳅。这属于意外收获。

四

那条从公园里钓上来的泥鳅，儿子和他小姐姐都很喜欢，都想拿回家去饲养，但数量有限，只能有一人放弃。妻子便做起了儿子的思想工作，说："泥鳅先在你姐姐家养几天，然后再在咱们家养几天，中途你啥时候想看的话，来姐姐家看就行。"儿子点头同意了。

我从帮扶点回家休息的几天里，儿子和我说起了这件事，说那条泥鳅现在在他姐姐家养着呢，他也想把泥鳅拿回家里来养。我说："爸爸给你再从市场上买几条吧。"后来，妻子带着儿子到市场买菜，一位摊主知道儿子的来意后，直接送了儿子两条泥鳅。

儿子高兴地把泥鳅放到鱼缸里，没事时便蹲在缸边欣赏着鱼与泥鳅混游的场景。

之前我也没有仔细瞅过泥鳅，近看时才发现，泥鳅居然长着长长的胡须，体色发灰且带斑点，体形修长，乍一看像一条水蛇。

一次，一条泥鳅横躺在缸底，一动不动。我赶紧把儿子叫过来，问他这条泥鳅是不是死了。儿子瞅了一眼，说："没死，它就这样，有可能是装死呢。"我又问："你怎么知道它没死？"儿子说："你动它一下，就知道了。"我晃了一下鱼缸，那厮果然翻身而起，游走了。我用钦佩的眼神看着儿子，问道："你是怎么知道的？"儿子平静地说："我观察它好久了，它就这样。"

受儿子启发，没事时我也站在缸前观察一番泥鳅。我发现，这家伙的游泳姿势挺有意思：有时，它会将整个身子立起来，像插入水中的一根木棍；有时，它又像是受了惊吓，在水中疯狂地扑腾着，搅动起几朵小小的水花。

与那些前赴后继死亡的小鱼不同，泥鳅的生命力很顽强。从进入家中鱼缸后，它们一直健康地活着，虽然偶尔会装装死。

一日，语文老师留了一项作业，要求仿照古诗《画鸡》写一种小动物。儿子在第一时间想到了泥鳅，于是赋诗一首：

泥鳅

小小泥鳅细又滑，
卧在水中石头上。
小鱼伙伴来玩耍，
使劲摇摆向上游。

从严格意义上讲，这首诗还有很多需要改动的地方，比如最后一句的押韵，但作为一年级的小孩儿，古体诗的处女之作能写到这个水平，还行。

儿子的第一首古体诗就写了泥鳅，看来，他对泥鳅还是比较喜欢的。

蜗　牛

一

一次大雨过后，儿子让我和他一起去找蜗牛。

找蜗牛得到蜗牛喜欢待的地方去。

蜗牛喜欢在阴暗潮湿、土壤松软的腐殖质层中生活，如草坪里、松树下、花坛处。

在小区的绿化带内，铺着鹅卵石的石径旁，应当是蜗牛生长、生活的地方，这里具备了蜗牛生存的所有条件。

现实果然没有让我们失望。

一只蜗牛驻足在带有露水的草叶上。我们轻轻地轻而易举地将它放入了塑料盒内。

实现零的突破后，我和儿子又沿着四周继续寻找开来，一只、两只、三只……

在将捉到的第五只蜗牛放入事先准备好的塑料盒子后，我们决定不再寻找了，因为盒子空间有限，数量太多容易拥挤。为防止蜗牛爬出来，我们将事先扎好孔用以流通空气的盖子盖好。

回到家后，儿子将一些白菜叶子放入塑料盒内，这是给蜗牛提供的食物。

第二天早晨，我打开盒子一看，有三只蜗牛居然倒挂在了盖子上。这种吸附能力确实厉害，背朝下竟然掉不下去。其他两只蜗牛则在白菜叶子上爬着。

此时的白菜叶子已丧失了前一天放置时的完整性，残缺不全，布满了被蜗牛咬后的小洞。这群家伙居然还挺能吃。

在塑料盒底部和白菜叶子上，残留着数量不少的黑色团状物质。显然，这是蜗牛拉的粪便。

这群家伙，不但能吃，还能拉。

我向儿子提议，能否将这些蜗牛再放回原处，让它们在大自然中生存。儿子不解地问为什么，我说一来这些家伙太能拉太脏了，二来把它们关在塑料盒子里容易死掉。儿子破天荒地同意了。我俩又拎着塑料盒把这五只蜗牛放回了原处。

它们从哪里来，再到哪里去。

二

人们常用蜗牛来形容速度慢。这倒是贴切的。但蜗牛不是世界上最慢的动物，海马就比蜗牛还慢。

一次，我正式领略了一番蜗牛的“慢”。那是我正要去单位的一个早晨，小区的草坪里爬着一只个头挺大的蜗牛。我立即想起儿子要看蜗牛，但他刚到幼儿园上学去了，想看，只能等到下午放学时再看。我认真记了一下蜗牛出现的位置，又观察了一下它四周的环境，评估完蜗牛的爬行速度后，觉得下午儿子放学的时候，它应当还在这片区域内。

儿子放学后，我把消息告诉了他。儿子激动而又忐忑地问："蜗牛会不会已经不在那个地方了？"我说："应当走不远。"

在早晨发现蜗牛的位置，我和儿子仔细寻找着，但蜗牛已不在那里。我估摸着以它的速度，不会走远，于是又将搜寻范围扩大了一圈。果然，在两米开外的地方，发现了它。一天的时间，它一共走了两米的距离，这家伙确实够慢的。当然，不知道它中途有没有停下来休息过。

三

经常会看到这样的场面，一只蜗牛死在一个四周没有遮挡物的地方，身体依旧保持着爬行的姿势。

每当这时，儿子都会问我这只蜗牛是死了还是活着呢，我说死了，估计是被太阳晒死的。

我给儿子做了一个示范，用手指一触碰蜗牛的硬壳，它便应声落地了。跌落在地的蜗牛，只剩下了一具轻飘飘的空壳。

蜗牛的这一特点有点像蚯蚓。

同样是在一些空旷的地方，一条蚯蚓会以干裂的形式死在毫无遮拦的地面上。我猜测，它也是被烈日晒死的。

这些喜阴喜潮的动物，一旦长时间离开自己的生存环境，死亡可能随时会来临。

四

儿子喜欢蜗牛，由此引申出对与蜗牛外形相近物种的喜欢，比如田螺。当然，这属于我的猜测。儿子也许是先喜欢的田螺，后喜欢的蜗牛，或者是，儿子本来就喜欢这种外形带壳的动物，压根儿就不分谁先谁后。

城区南面的大黑河有很多田螺，吸附在河里的石头上或固定石头的铁丝网上。

儿子让我帮他拣几只大的，他要饲养。

我将身子前倾，胳膊伸长，在水里挑拣了十多只体形较大的田螺，装在一个口径较粗的玻璃瓶内。

在家里的阳台上，一度陈列着田螺瓶、鱼缸和乌龟缸，整个阳台像是一个小型水产市场。区别在于，这里没有买卖，只有安逸的生活。

儿子又像饲养鱼一样，向田螺瓶里撒着鱼粮。

田螺的繁殖速度是非常快的，没几天的工夫，一群小田螺就诞生了。当然，也有死亡的。谁要是游走得过了头，一旦超出水面时间久了，等待它的便只有死亡。

我将那些死掉的田螺集中放在阳台上。它们的外壳其实是很漂亮的。

乌　龟

一

一次，我和妻子带着儿子到公园游玩，一只四肢伸展的巴西龟突然出现在不远处的湖面上。看着乌龟一动不动的样子，我们正疑惑它是否已经死去。当时我手里正好拿着一根小渔网，出于好奇，便把它捞了上来。仔细一看，那厮居然活着，只是双眼无法睁开，估计是人们放生到这里来的。

儿子一看捞上一只乌龟来，非常兴奋，围着瞅个不停，嚷嚷着要让我们帮他带回去养起来。我正准备找个袋子把乌龟放进去，这时从堤坝上突然跑下一个人来，他显然盯了我们好久了，而且也听到我们在议论乌龟的眼睛。“来，我帮你们看看它的眼睛。”来人边说边从我手里把乌龟拿了过去，其动作之生猛，近似于抢夺。“用盐水泡泡就好了”，话音一落，他转身拔腿就走，速度接近于小跑。临了，那人丢下一句“我替你们养吧”，紧接着就消失在前方的转弯处。

我们被这突如其来的场面惊呆了。巧取豪夺，大约就是这个意思吧？一个大人居然和一个小孩儿抢乌龟？不过一想到这只乌龟也是我们从湖里捡到的，算了，没必要和这种人计较。到手的乌龟被别人抢走了，站在一旁的儿子情绪一下子跌落到了极点，差点儿哭了出来。我和妻子只好安慰儿子：“一会儿给你买一只乌龟。”儿子说：“现在就买。”于是，原本的游园计划改变了，变成了购买乌龟。

在园艺所附近的水产店里，我们给儿子买了一只体形中等的巴西龟。当拎着装有巴西龟的塑料盒子往家返时，儿子的心情又好了起来。这只巴西龟也成为继儿子从青海湖买回的首只乌龟后，家里饲养的第二只乌龟。在第一只乌龟死去后，我已积累了一定的养龟经验，这只龟一直健康地活到现在。

二

再之后，我给儿子又相继买回几只乌龟来，其中包括黄斑侧颈龟。

黄斑侧颈龟属深水龟，水性了得，轻轻一点，整个身子便划了出去。有时，它会前肢前倾，后肢与缸底呈一锐角，保持着一个姿势长时间立于水中而不动。有时，将整个身子悬浮于水中，不升不降，像一架在空中停留的直升机。

巴西龟游起来，则显得既用力又专注。着急或受惊时，便四肢乱动，大有狗刨的风范——动作有余，效果欠佳。

除了泳姿的不同，两个品种的乌龟性情也相差很远。

体形较大的那只巴西龟，攻击性很强，被拎起来时龇牙咧嘴，有咬人的动机。在缸中无事时，它也会找个机会在黄斑侧颈龟的脑袋上咬一口。而另一只体形稍小的巴西龟，则比较温和且胆小，一旦被拎起来，就把整个脑袋缩了进去，缩得很夸张。

黄斑侧颈龟则温和得多，从来没见它攻击过其他的龟，被拎起来时，至多也是挣扎几下四肢，只有觅食时，才会低着头将其他龟的龟壳或四肢误咬一口。据此，我怀疑此类龟视力不佳。

除了那只体形较大且攻击性很强的巴西龟外，其他的乌龟，儿子都敢用手去捉。

三

提议买龟的是儿子，买回后，养龟的主体任务基本由我来完成。

面对这几只乌龟，一般情况下，我每天都会用一根塑料胶皮吸管将它们的粪便吸出。然后隔上几天将它们取出来喂食。然后再隔上几天清洗龟缸并换水。

儿子有时会主动和我一起清洗龟缸，有时也会和我一起喂龟。这一系列的举动，刷新了他之前说过的“我只负责欣赏”。看来，儿子确实成长了。一次，看着我打理乌龟的身影，儿子突然说了一句：“这几只乌龟本来是由我照顾的，结果成了爸爸照顾了。”眼里有一丝内疚。

巴西龟的生存能力强，一个重要的原因就是不挑食，基本喂啥吃啥。瘦肉、龟粮、蔬菜、绿萝叶子、小鱼等，它都吃。这里面，它尤喜吃鱼，一旦发现有鱼，就由平时的“进食”，变为了“抢食”，原本平静的龟缸，顷刻间，就有剑拔弩张的气氛。

儿子蹲在缸边，根据乌龟的进食程度，从上空播撒着食物。

四

当看到几只乌龟以叠罗汉的形式晒太阳时，儿子就赶紧过来悄悄叫我：“爸爸，快看，它们又到一块儿了。”

午间的第一缕阳光照在龟缸的水面上时，乌龟们便渐次爬到了晒台上，享受着阳光的普照。与在水里时的各自活动不同，一旦爬到晒台上，它们便玩起了叠罗汉——一个爬到另一个的背上，一会儿的工夫，便摞成了一堆。下面的龟也不生气，虽然上面背着另一只沉甸甸的龟。有时候，三只龟会以梯状的形式依次搭着。一只龟在最下面，趴在晒台上，另一只龟将前肢搭在它的背部，第三只龟又以同样的方式搭在第二只的背部。从这一点看，龟不像马，马一生气就尥蹶子，一尥蹶子就把背上的人抛于马下。

五

那只体形较小的巴西龟偶尔会间断性睁不开眼睛，儿子一旦先于我发现了这个问题，就会找到我说：“爸爸，小巴西龟眼睛睁不开了，快给它弄点药吧。”

在使用各种眼药水但无济于事后，我尝试着把阿莫西林或头孢倒入水中给乌龟浸泡，一天之后，乌龟的眼睛居然睁开了。自那以后，我就用这两种药专治乌龟的眼睛。

一次，龟缸里的小巴西龟眼睛又闭上了，我把它拎出来用药泡了一天，眼睛又睁开了。等放入龟缸一天后，眼睛又闭上了。我再次把它拎出来浸泡，它再次睁开了。等它第三次闭上眼睛时，我拎着乌龟端详了好一阵，那厮可能以为身旁已经没有人了，也可能觉得自己身子已落地而不是在我的手中，竟大大方方将头从龟壳里伸了出来，一双眼睛睁得大大的。原来它眼睛能睁开啊！

我和儿子说："这只龟不用再泡药了，它眼睛没问题，是不愿意睁眼。既然它不愿意睁眼，想瞎就瞎去呗。"被这只龟折腾了好几次，我也有点来气。这让我想起了一句话——你永远也叫不醒一个装睡的人。

儿子听后不干了，嚷嚷着说："不行，不行，必须得把它的眼睛治好！"

我又拎起那厮，把它放进了药水里。

修牙与拔牙

一

可能是由于吃糖果的缘故，儿子的牙齿长得并不太好，有的出现了黑色的小洞，有的边边角角出现了残缺，有的背面被一层黑色的物质覆盖。

为此，我们经常警告儿子，不能再多吃糖果了，再吃牙齿就掉完了。儿子听后，确实控制了吃糖果的频率，但对糖果的喜爱程度似乎并没有减弱。

四岁的儿子曾在幼儿园圣诞许愿树挂着的布条上留言——我想要十颗糖果。

糖果这个东西，确实很神奇，自其诞生以来，就对每一个幼小的生命个体留下深刻的记忆，或甜蜜，或苦涩。

在我们小的时候，受囊中羞涩影响，想放开嘴巴吃糖果却不能，只能眼睁睁看着糖果而将口水流到肚里。那时候，父母偶尔会给我们花一角钱买十个各色形状的脆而甜的糖果，造型有马，有羊，有牛……那个时候，大人责骂小孩儿的口头语比较常见的有一句——"给你一块糖果，是不是就跟人家走了？"可见糖果对小孩儿的杀伤力之大，仿佛钻石之于女人。现在倒是可以大大方方地买糖果了，胃却不喜欢它了。此时的糖果已不是彼时的糖果，此时的胃也不是彼时的胃。

等到了儿子这一代，"囊中羞涩"已不再是问题，可以随心所欲地买糖果吃糖果了，但牙齿又不配合了。不到三岁的儿子，一次一边剥糖纸，一边对妻子说："小宇吃糖果牙就都掉了，妈妈吃糖果牙就不掉。"然后恋恋不舍地把糖果送到了妻子嘴里。吃糖果不掉牙，是儿子的一个美好愿望。

人生就是这样，充满了戏剧性。

二

儿子在幼儿园大班下学期时，一连几天都说他牙疼。起先我们以为他是上火了，喝了些去火药，依旧不管用，遂怀疑是牙齿出了问题。

好不容易坚持到了星期天，我和妻子领着儿子到一家口腔门诊去就诊。

一检查，发现有一颗牙齿的牙神经已经外露。

牙医说需要杀死牙神经。

记得我刚参加工作时，因牙疼去医院就医，挂号后，一位女医生一番操作后，说："回去吧，没事了。"我多了一嘴，问了一句："这颗牙是啥毛病？"对方回答说："两颗牙的牙神经都外露了，已经给杀死了。"我应诺了一声，站起来回家了。原本以为是一颗牙出了问题，原来是两颗牙出了问题。若干年后，我的又一颗牙突然疼了起来。当和办公室的同事聊起当年杀死牙神经的经过时，一位对医学知识有所研究的同事说，牙神经一般情况下不要杀死，牙神经杀死后，人体吸收的营养成分，这颗牙齿就吸收不到了，也就相当于一颗死牙在那儿立着，牙齿的硬度会逐渐变弱，颜色也会逐渐变黑或变暗。我听得一脸惊诧。当时给我看牙的医生压根儿就没有告知我这些东西，而是直接就把牙神经杀死了，还是一次性杀死了两颗牙的牙神经。知道了这些知识后，我再看牙时，心里就有了底，当一些门诊的医生一张嘴就要杀死我的牙神经时，我转身就走了。

听到儿子的这颗牙齿也需要杀死牙神经时，我赶紧把从同事那里学到的知识讲给了医生。医生说小孩儿没事，现在小孩儿嘴里的是乳牙，不影响换牙后恒牙的发展。

我们只能听医生的，毕竟人家是专业的，辩论起来我们只能哑口无言。

就这样，儿子第一颗乳牙的牙神经被杀死了。

再之后，儿子的另外几颗牙齿又出现了一些小问题，我们领着他又进行了几次修补。在此后较长一段时间内，那些牙齿再没有闹事。

三

2018 年 7 月 17 日，儿子拔了他的第一颗乳牙。

拔牙的过程却很艰难。

儿子的一颗恒牙长出了一小截，几乎是在同一位置的一颗乳牙却纹丝不动，丝毫没有主动掉下去让位的意思。妻子领着儿子到内蒙古妇幼保健医院口腔科就诊。因一出生就被要求打各种各样的疫苗，导致儿子“闻医院而色变”。在接种疫苗期间，当被告知第二天需要到医院时，儿子前一天就会无数遍地问：“用打针吗？”在得知可能是吃糖丸时，儿子才停止了紧张与焦虑。上幼儿园后，每年都要体检一次，每次体检都要抽血，再到医院时，儿子就会提前问：“用抽血吗？”在他心里，打针固然可怖，但抽血更可怖。

在妻子的一番思想工作后，儿子终于同意到医院进行检查。经过口腔科医生的诊断，儿子的那颗乳牙需要拔掉。听到“拔掉”两字后，儿子从躺着的医用长条椅上一跃而起，拔腿就往楼下跑。妻子赶紧将儿子拦了回来，又是一番思想工作后，儿子才重新躺在椅子上。思想工作确实很重要。人世间的很多事情，是缘于想不通，想通以后，就没有那么多事了。

医生用小镜子检查了儿子所有的牙齿，打了麻药后，接着是拔牙，一连串的动作没超过三分钟就完成了，拔牙的动作更是不到一分钟就完成了。一个优秀的牙医就是与众不同。儿了直呼“太快了”。

回家的路上，儿子和妻子说：“拔牙原来也不疼，下次拔就拔吧。”

再后来，当他小妹妹有一颗牙齿需要拔掉而她惧怕拔牙时，儿子主动现身说法，将自己的拔牙经历讲给他小妹妹听，最后还讲了一句鼓励的话：“没事，拔牙一点儿都不疼。没等感觉到就拔出来了。不拔出来，反复的话，那才叫个疼了，受不了！快拔去吧。”俨然一个小大人。

捉迷藏、丢沙包及其他

一

我们小的时候，小朋友们经常进行的娱乐项目有捉迷藏、丢沙包、弹玻璃珠等，没想到几十年过去了，这些项目儿子居然也很喜欢。

看来，经典的娱乐方式，是没有代沟的。

二

儿子在上幼儿园之前就开始玩捉迷藏游戏了。

最早是他藏起来，让我们找。

受空间限制，和儿子玩捉迷藏时，只能在两室一厅的屋子里进行。不像我们小时候，玩捉迷藏时，场地是整个村庄。当捂眼的小朋友喊着倒数的十个数时，其他小朋友呈鸟兽散，迅速向四周跑去，能跑多远就跑多远，能藏多隐蔽就藏多隐蔽。有躲在大树后的，有蹲在院墙下的，有藏在墙缝中的，有钻进柴垛里的，等捂眼者把十多个小朋友都找出来时，没有五六十分钟是做不到的。一次，藏得最深的一个小朋友，直接跑回他们家了。当所有参加游戏的人员聚齐时，发现少了一个人，于是所有人开始找这一个人。当路过他家门口时，透过窗户的灯光发现，那厮居然和家人已经开始吃晚饭了。

儿子当时的个子还没有长起来，他藏身的方式基本有这么几样：蹲在大床的侧面，把头埋下去；躲在门背后，将门使劲往后拉；爬到餐桌下面，让四周的椅子腿做掩护；躺到叠好的被子与床头的缝隙间；用沙发靠垫把自己围起来；站到窗帘的后面……

儿子每发明一种新的藏身方式，我们就得费一番周折。

到后来，儿子的各种藏身场所我们基本都已掌握，便很快能把他找出来。

但孩子终究是孩子，如果我们寻找他的时间太短，瞬间把他找到后，儿子就会不高兴，有时还会哭出来，他可能觉得如果这样玩游戏就不好玩了，或者是，在这么短的时间内就被找到有点没有成就感。鉴于这种情形，我们采取了一些应对措施——延长寻找时间。而延长寻找时间最有效的方式就是假装找不到。于是，我们来来回回地从儿子身边经过，就是发现不了儿子。儿子则躲在那里偷偷地不出声地笑。

陪孩子玩就得这样，不能太较真，较真就失去了陪玩的意义。

再后来，儿子让我们藏起来，他找。

因我们体形较大，找一个能隐藏自己的地方，还真不容易。这样，儿子找起我们来，也就是三下五除二的事了。

三

母亲来呼和浩特照看儿子的那段时间，儿子时不时要和他奶奶玩捉迷藏的游戏。

儿子用小手捂住自己的眼睛，让他奶奶快快藏起来。然后他一路小跑，迅速到各个屋子里去找。但有时也有失误。一次儿子刚把眼睛捂好，他奶奶就迅速藏好了，因藏得太隐蔽，儿子一时间没有找到，吓得“哇哇”大哭，以为他奶奶消失了。

玩得次数多了，儿子也从中琢磨出一些门道来，比如“偷看”。捂眼时，儿子有时会将手指间的缝隙撑宽，从微弱的间隙瞅他奶奶藏到了哪里。如此一来，总能在第一时间准确地找到他奶奶藏身的场所。

到后来，儿子藏身的地方，已越来越隐蔽，我们找起来也越来越费劲。

有时，他会将自己藏在衣柜里，躲在衣服后面，再将衣柜的门关上。这就比较费劲了。如果不拉开衣柜门，扒拉开衣服仔细瞅一下，还真找不到。

有时，儿子会把自己藏在防盗门和木门的夹层里。把里面的木门关上后，如果他自己不制造出点动静来，根本发现不了，也想不到他会藏在那里。

这小子，时间久了，“藏技”也长进了。

四

作为捉迷藏的衍生版，儿子又发明了一种叫“蒙被子”的游戏。

所谓“蒙被子”，就是儿子把自己蒙在一张被子里，让我们去找。

为了把自己掩饰得像模像样，儿子将自己躺得平平的，然后把被子盖在身上，再把被子的上端搭在枕头上，远看去，像是一床里面没有人的空被子。

儿子说藏好时，我们就开始在各个屋子里找。有时他藏得太严实，如果不注意的话，一下子还真发现不了。

妻子下班回家后，儿子会用他胖乎乎的小手牵着他妈妈，要求一起玩“蒙被被”的游戏。蒙住头后，儿子还会给被子露出一条小缝隙，说“通通空气”，然后压低声音问他妈妈一些问题，有时，问题的难度超出了十万个为什么。

此时的我负责寻找藏在被子里的儿子和他妈妈。还是以前的老规矩。当我从他们身边经过时，却什么也看不到。他们在小声说话时，我却什么也听不到。

五

儿子一共有两个沙包，一个里面装了小麦和麸皮，比较柔软，还带着一根绳子；另一个里面装了绿豆，比较生硬，打在身上挺疼的。

儿子和我们丢沙包时，一般选择那个比较柔软的带着绳子的沙包。当需要发动连环攻击时，就会启用那个生硬的沙包，同时把他那些平时闲置的胶皮球、塑料球统统取出来，充当沙包。儿子把这五六个“沙包”聚集在一处，像机关枪一样连发，基本在一分钟之内就把这些“沙包”全部发射完毕了，于是五六个“沙包”狂风暴雨般迎面袭来了。

有时为了打我们个猝不及防，他会一只手同时发射两个“沙包”，像一枚导弹的分弹头，让你顾上顾不了下，顾下顾不了上。

打到酣处，有时难免也会“伤”及无辜，如屋顶的吊灯、地上的花盆、餐桌上的杯子、书架上的摆件、鱼缸里的小鱼……

每一场沙包打下来，儿子都是满头大汗。这项融合了进攻、躲闪、拦截和虚晃一招等战术技巧的游戏，也确确实实是一项体力活儿。

六

弹玻璃珠是儿子和我们经常玩的又一个娱乐项目。

我从网上给儿子买了一小盒子玻璃珠，有好几百颗，价格还不是太高。现在的玻璃珠已经是以 100 颗为单位进行销售，或者按照斤或公斤在销售了。这颠覆了我对玻璃珠的常规认知。我小的时候，玻璃珠是以一颗为单位进行销售的，而且当时的玻璃珠也是不便宜的。记得当年我们每人最多也就是拥有十多颗玻璃珠，所以每一颗都显得非常珍贵。如果在土路上或校园里能捡到一颗玻璃珠，都会激动一整天，而在弯腰捡拾的一刹那，心律会骤然加快，感觉自己像是做贼，提心吊胆的。

那时候，小朋友们玩弹玻璃珠游戏时，谁输了就得把自己的玻璃珠给对方。输掉的一方，眼泪都快掉下来了。

给儿子买回玻璃珠后，发现尺寸稍微有点小，比我们小时候玩的玻璃珠正好小了一圈，于是又在网上重新选购了几个尺寸不一的玻璃珠，其中有鹌鹑蛋大的，有鸡蛋大的，有鹅蛋大的，最大一颗直径约有 15 厘米。这几颗体形较大的玻璃珠，一个个晶莹剔透，乍一看，像水晶球，很具观赏价值，拆开包装后，儿子爱不释手地摆弄了好半天。

之后，我又从网上买回几十颗体形比第一次购买的玻璃珠大一点的五颜六色的玻璃珠，原本是想当弹珠来弹的，但这些玻璃珠的质量不是很好，一碰撞表面就会掉玻璃碴，所以只能用来观赏了。网上购物尽管方便且节约时间，但弊端也是明显的，比如无法感知货物的真实性，只能靠观看图片或视频，以及查看人们在评论区里的留言来做出一个预判。而现实是，卖家、托儿与刷单者欺骗了消费者，他们联起手来，共同缔造了一个虚假的好评如潮。

于是，最初买回来的体积最小的那批玻璃珠成为儿子和我们进行弹玻璃珠游戏的最终道具。

儿子起先弹得挺费劲，瞄上半天还是容易弹偏，万事开头难。几轮下来，他就逐渐掌握了要领，击中率在逐渐上升。小孩学习知识或技术的速度就是快，这一点不佩服是不行的。就如手机里的一些功能，大人可能用了几年手机都不知道里面还有这么一个功能，小孩发现这个功能可能也就是几分钟的事。

我们一般是以 10 分为一局进行 PK，谁先弹满 10 分，谁为获胜方。为防止玻璃珠掉到床下，我们在床的边沿处用东西围了起来。但每次弹到激烈处，一不留神，一颗玻璃珠就会滚落床下，掉到地板上，发出“叮叮当当”的持续弹跳声。

七

儿子发明的另一个游戏是“骑大马”。

如果正好看见我或妻子在扫床或整理床上的东西时，儿子会趁我们不备，叫一声“骑大马喽”，便以迅雷不及掩耳的速度骑到我们背上，小腿有序地向前晃动着，小手高高扬起，做拿鞭状，嘴里“驾驾”地喊着，不时催促着我们移动的速度要快一些。

我们驮着儿子在床上前行时，整个动作有点像“牧童骑黄牛”。

儿子一旦骑上去就不想下来，嘴里不停地说着“再来一圈，再来一圈”。

在城市里长大的孩子就是这样，从小没有骑过真正的牛和马，也只能玩玩这样的游戏。不像我们农村出生的孩子，几乎没有什么是我们没有骑过的，比如牛、马、驴、羊、猪。狗没敢尝试过，怕被扭回头咬一口。

村庄与老屋

一

二十岁之前，我一直生活在村庄。村庄在我心中的位置，是以楼高路硬为标志的城市永远无法比拟的，尽管我在后者这个地方也生活了近二十年。同样是二十年，感觉却天壤之别。

也许正是那一缕乡愁的缘故，只要有机会，我都会回到那个满是泥土、庄稼与花草芬芳的村庄走一走，看一看。

儿子出生后，带着他一起回到村庄，成了我们的经常性选择。

二

儿子出生在城里，没有村庄生活的经历，我们第一次打算带他回去时，专门征求了他的意见。我问儿子：“想不想回爸爸出生的地方

看一看？”儿子欢天喜地地回答：“想！”

血脉相连啊。

当汽车行驶到村口时，我把车子停了下来，边拍照边向儿子介绍着挺立在道路两侧的白杨树、大片金灿灿的油菜花、绿油油的小麦、不远处的山丘以及稍远处的大山。

儿子显得很兴奋，一会儿跑到这看看，一会儿跑到那看看，对这个陌生的地方充满了好奇。

当车子进入村庄后，儿子扒着车窗沿路观看着一处处低矮的房屋以及与之相连的院落。

随着人口的大量迁徙，村庄里所剩人家已寥寥无几。有的房屋因年久失修，已是残垣断壁。在那些无人问津的院子里，蒿子和其他不知名的野草肆无忌惮地疯狂生长着。

儿子一路上静悄悄的，没有说话。他可能被眼前的景象和这样风格的建筑吸引了，类似的场景，之前他是没有如此认真看过的。

村庄那条并不狭窄的主路——土路，显得孤零零的，很难看到人们出出进进的身影。在我小的时候，同样的这条土路上，却是人来人往，牛出马进，一派生机。二十年的工夫，判若两样。所谓物是人非，大抵如此。

汽车停在老屋门前的空地上。

父亲打开了大门。

我们带着儿子迈入当年也曾生机勃勃的庭院。

三

站在院内，当年感觉高高的泥土院墙，已矮了许多。不知是我个子长高了，还是院墙被风吹雨淋的岁月打磨得矮了一截。也许二者都有吧。

院墙东侧的几棵柳树歪歪扭扭地生长着，只是腰身粗了许多，像一位结婚多年的妇女，横向发展已越来越明显。院墙西侧的杨树林，已没有了当年茂密的风姿，稀稀拉拉地立在那里，像是点缀着什么。

打开屋门，眼前的景象让人又一次回到了童年那段美好的时光。

在外屋，陶瓷制作的水缸、木制的风箱、裂缝的灶台、口径很大的铁锅陈列在那里，和我小时候时它们所处的位置一模一样。进入内屋，紧挨后墙的，是一个长方体的红色翻盖木柜，当年是用来放置衣服的。正是这个木柜，小时候我们会偶尔爬入其中。在与后墙垂直的东墙前面，是一个浅黄色的翻盖木柜，与红色木柜呈九十度放置着，当年它是放置父亲医书和一些重要物品的。在记忆中，这个柜子一直上着锁，钥匙在父亲手里。可见其在父亲心目中的位置。屋子的南面是窗户，紧挨窗户的，是一个大炕，并排可以躺下六七个成年人。

站在没有浇灌水泥也没有铺设地板砖的泥土本色地面上，感觉整个屋子同样矮了许多，空间也小了许多。莫非真和我个子长高、身材变胖有关？还是整个屋子也在缩水？

儿子则高兴地爬到炕上，来回走动着，不时望着窗外的风景。

四

老屋的南面是一条小河。小时候，小河常年有水，夏季时，女人们常在河边洗衣，孩子们则在河边捉蝌蚪、捏泥人；冬季时，河面结冰，孩子们会拎着各自的木制冰车，驰骋在宽阔的河面上。如今，小河基本已干涸，流水“哗哗”与冰面铮铮的场面已不复存在。

小河的南面紧挨着山坡，沿着山坡再往里走，就进入了大山深处。

在山坡的一条发白土路上，满是沙粒，每次走到这条土路上，儿子都喜欢边走边拣上面的漂亮小石头。在这条土路的西南不远处，当年漂亮的山丘不知何时被挖得面目全非，几个硕大而深邃的坑裸露在那里，像几处白癜风附着在皮肤上，与整个村庄的景色形成强烈的反差。每当看到这累累伤痕，我都无法与童年美好的山丘相挂钩。不晓得如此肆无忌惮地破坏地貌、践踏生态的行为，是何人所为？又因何而破坏？是否得到了相关部门的批复？不论如何，在生态保护日益重视的今天，竟然还能发生如此“逆流而上”的事情，不能不说是一种悲哀，不能不让人感到震惊。

在山坡上，我们向儿子介绍着各种花花草草、五颜六色的庄稼以及周围起起落落的飞鸟。有时，会有意外收获，如发现一个鸟窝和里面躺着的几颗鸟蛋。一只突然被惊起、扑棱着翅膀飞向远处的石鸡，又着实把我们吓了一跳。

在一片黄褐色的胡麻地前，我拽了几根熟透的胡麻，给儿子演示了一下碎皮、吹皮、取籽的过程。我告诉儿子，胡油就是由胡麻籽榨取而来的，胡麻籽生吃也可以，咀嚼起来油香油香的，我们小时候经常躺在地头，嘴里嚼着胡麻籽。儿子尝试了一口，觉得味道很好，便学着我的模样开始提取胡麻籽，结果一口气下去，将皮与籽全都吹跑了。

五

村庄与老屋，在儿子心中应当占据着一份特殊的地位。所以，每次我们提议准备回去时，儿子都是积极的支持者和参与者。

也许，这就是“根”脉相连吧。

回奶奶家

一

自从父母将家从村里搬到县城后，节假日回去看他们时，我们又都回到了县城。父母在哪里，家就在哪里。

儿子出生后，常和我们一起回去看他爷爷和奶奶。我们每次回父母家时，儿子都称作“回奶奶家”。

从我们居住的呼和浩特到父母居住的察右后旗政府所在地白音察干，大约需要两个半小时的车程。儿子在小的时候，一般都是这样的场景：上车半个小时左右就睡着了，等一觉醒来，已经到达了白音察干，然后跳下车吃饭、玩耍，时间安排得紧凑而合理，没有丝毫的浪费。稍大一点后，儿子在车上便不再睡觉了，而是一路上和他妈妈聊天，不时地询问着还有多久才能到奶奶家。再大一点后，路上的两个半小时，成了儿子比较发愁的事情，他恨不得一下子就到了奶奶家。于是儿子新的问题又来了——“爸爸，要是通了高铁，咱们多长时间能回奶奶家？”“爸爸，要是通了飞机，咱们多长时间能回奶奶家？”“爸爸，要是坐超音速飞机，咱们多长时间能回奶奶家？”面对儿子不时变换的交通工具，我都得按照每种交通工具的正常行驶速度再除以呼和浩特到白音察干的距离，来换算出中途需要的时间。

每次在我们回去之前，母亲都要提前和我联系，问儿子想吃什么主食，是饺子还是包子。听完这两种选项后，儿子都会撇撇嘴，说一句：“奶奶家的饭，肉太大了。”在我小的时候，家里最好的主食莫过于饺子和包子，其次是油炸糕和油饼。而这些东西，不是平时想吃就能吃上的，只有在过年过节过生日，或在其他特殊节点，如砌院墙、铺油毡时，才有可能吃上。时代不一样了，儿子居然对饺子和包子不感兴趣，这让我当年的胃情何以堪啊？

可能是那个年代吃不上肉的缘故，母亲一直觉得，肉食是最好的伙食。所以，我们回去时，一旦母亲下厨，饭菜基本都是以肉为主。

每次我们准备返回呼和浩特时，母亲都会遗憾地说：“还有一条鱼没来得及炖呢”，或是“还有一只鸡没来得及炖呢”，抑或是“还有一些排骨没来得及炖呢”……总之，母亲惋惜的这些东西，依旧是肉。

二

母亲做的玻璃饺子，儿子是很喜欢吃的。

玻璃饺子是老家的一道地方特色小吃，饺子皮比较特殊，用淀粉和莜面混合制作而成，其工序比白面饺子和莜面饺子复杂了许多。玻璃饺子的饺子馅儿和其他两种饺子的饺子馅儿没什么区别，想吃什么馅儿，就做什么馅儿即可。

之所以叫玻璃饺子，是因其饺子皮呈半透明状而得名。从外形上看，玻璃饺子晶莹剔透，里面的饺子馅儿若隐若现。咬一口，筋道十足。有时候，一口咬下去，竟不能将饺子皮齐齐咬断，用筷子和牙齿配合一拽，饺子皮便被拉长了几厘米，牙齿一松开，饺子皮又弹了回去。

玻璃饺子好吃，饺子皮做起来却也讲究，需把握好淀粉与莜面的比例。莜面如果放得多了，颜色就会发暗，吃起来也不那么筋道。淀粉如果放得多了，饺子皮的颜色便会发白发干，且接口处不易黏合。

玻璃饺子出笼后，要趁热吃，蘸一点醋效果会更佳。

如果说儿子有惦记他奶奶做的小吃的话，也就这么一种了。

三

有一种亲叫“隔代亲”，儿子每次回去时，在父母身上非常明显地体现了出来。

每次儿子的脚在屋子里还没有站稳，父亲便从衣兜里掏出一张崭新的百元钞票，像见面递名片一样，递到了儿子手中。儿子则腼腆地说一声：“谢谢爷爷。”因一年中也就见那么两三回面，儿子每次见到他爷爷时，都显得很拘谨。除了百元钞票的必选项外，儿子每次回去，父亲都要在屋子里搜寻出来点小玩意儿，送给儿子，比如一个小玉佩、一颗红玛瑙、一副手里把弄的健身球……而这些东西，在我们小的时候，父亲有时会拿出来给我们展示一下，然后又小心翼翼地锁到了那个浅黄色的木柜里。到了儿子这一代，父亲突然大方了起来，直接就赠送给儿子了。

最近一次回去，儿子破天荒地和他爷爷下了两盘中国象棋。父亲的棋艺很高，在附近一带能赢他的人不多。在回老家前，我故意问儿子：“敢不敢和你爷爷下几盘象棋？”儿子信心十足地回答“敢。”我又说：“爷爷的象棋水平很高，爸爸也就能撑那么几步，你回去正好和你爷爷好好学习一下棋艺。”果然初生牛犊不怕虎，儿子进屋没几分钟就和他爷爷厮杀了起来。起先我在旁边观战。一看儿子有点被动，就赶紧参战了。所谓“观棋不语真君子”指的是观看下棋的第三方，不指参战方。我现在的身份转换了，由起初的观战方变成了参战方，所以不受上述条条框框的限制。我和儿子合力和父亲拼搏了二十几步后，被父亲直接将死了。我有点不服，又杀了一盘。这次是我主战，儿子充当助手。不到二十步，又被父亲将死了。我和儿子说：“这次你单独和爷爷下一盘，我不参与。”儿子显然已经领教了他爷爷棋艺的厉害，说话的语气已没有未和他爷爷交锋时强硬，而是低声和我说：“爸爸，你和爷爷下。”这小子，这是怕输的节奏吗？我又接连和父亲下了两盘，一盘比一盘输得快。我边下边和儿子说：“你好好看你爷爷是怎么走每一步棋的，好好学习。”等我下完最后一盘棋扭头往后看时，儿子早跑得没有了踪影。

四

像国际惯例一样，我们一回去，母亲都要带着儿子到门前最大的那家超市去买“好吃的”。

儿子在吃的方面表现得不是太强烈。

除了牛奶属于必选项外，儿子会选几样他喜欢的东西，比如罐头、果冻、山楂等，母亲则选购一些橘子、苹果、香蕉之类的水果。

在街道中央的一家西式快餐店内，母亲常给儿子买他喜欢的鸡肉汉堡，外加一杯蓝莓果汁。

只要儿子一回来，母亲便成了这家店的常客。

五

假期回来时，我们都会带着儿子到附近的景点转一转。

察右后旗境内最知名的旅游景点，莫过于乌兰哈达火山群。在儿子还小的时候，我曾背着他爬上一座具有代表性的火山最顶端。如果没有人告诉这是当年的火山喷发口，谁也想不到脚下这座孤零零立在那里的山丘居然和火山有关。

整座火山像一口倒扣的平底锅，我们所处的山顶位置，相当于倒扣后的锅底。当年喷发岩浆的地方，应当就在锅沿的正中央了。

除了外表绿油油的几座火山外，火山群另外几座火山则没有了外表层，露出了漆黑的内层，像是大型露天煤场。

进入“露天煤场”后，踩在上面，脚下发出“嚓嚓”的声音，像是踩在烧过的煤渣上。

儿子不停地用脚踩着这些“煤渣”，聆听着脚下奇特的“嚓嚓”声。

我捡了一块较有造型的火山石——像炉子里烧过的大块煤渣，留作纪念。

六

察右后旗境内另一处可供游玩的地方是石门口水库。石门口水库位于石门口乡，水库的名称就是这么来的。母亲出生的地方，也正在那里。撤乡并镇后，石门口乡并入了贲红乡，合并后，贲红乡也不叫贲红乡了，改为了贲红镇。

听母亲讲，她们小时候经常到水库边上玩儿，水库当年的鱼子就是由我的一位舅舅负责采购的。在母亲小的时候，偶尔会有人在水库里溺亡。也是在那时，她目睹了捞尸的过程。有水性厉害的南方人居然能在水底下行走，用脚去踩寻溺亡的尸体。

从小听母亲讲水库的故事，我一直有目睹水库的心愿。这一次，终于如愿以偿。

驱车二十多分钟后，我们到达了水库。

碧波荡漾的水面，蔓延出好几公里。几只水鸟盘旋在上空，寻觅着水下或露出水面的鱼儿。

水库周围是一些茂密的树林。几只鸡在林间散着步，顺道捉几只虫子。

儿子拿着他那根从公园里买来的小渔网，坐在水库边的石头上，等待着鱼儿的入网。

这里的鱼似乎比我们平时在河里捞上来的鱼聪明，等待了一个多小时，竟没有一条入网。

估计多坐也无益，我们干脆收起了渔网，沿着水库四周转了一圈。中途，欣赏了一番水鸟飞翔、滑翔与捕食的过程。

七

陪儿子看电影，是每年春节期间的必选项目。

在一个小县城，可供小孩儿娱乐的场所本就不多，看电影是为数不多的选项之一。

每年召集大家一起看电影的都是我姐。她带着小外甥女，妻子带着儿子，有时候哥嫂一家回来过年时，由嫂子带着侄女，几人便一起奔赴了电影院。当然，她们几个大人去电影院也都是陪小孩儿看的，所以，观看的影片也多是动画片。

一次，影院正播放电影《熊出没·变形记》，儿子看了一遍后，觉得不过瘾，硬是拽着我和妻子陪他看了第二遍。反复观看影片，倒也符合儿子的风格。《熊出没》系列动画片和系列电影中，没有一集或一部他不是看过两遍以上。不过想想自己，也是这样。如果遇到喜欢的影片，可能还不止观看两遍，比如李连杰版的《精武英雄》，我大概至少看了五遍以上，以至于里面的台词基本都能背下来。

八

虽然每次回去的时候，儿子因两个半小时的车程觉得有点长，但待上几天后，他就有点不想回来了，总想多逗留几天。

亲情就是这样，一见面就立马不一样了。

捡石头

一

小时候，在村庄的土路上，当看到亮晶晶的小石头时，我便会捡起来，激动得一路跑回家，以为捡到了黄金。

捡得次数多了，被母亲纠正得次数多了，再看到亮晶晶的小石头时，我便无动于衷了。

参加工作后，我发现身边爱好捡拾、收藏石头的朋友和同事很多，耳濡目染得时间久了，便突然恢复了当年捡拾亮晶晶小石头的激情。于是，每到一个陌生的地方，我都要低头瞅一瞅脚下，看看有没有可供捡拾的石头。后来，我曾认真思索了一番，发现对捡石头这件事，我其实很早就有浓厚的兴趣，那就是从小时候开始捡拾亮晶晶的小石头时就体现出来了，只不过当时的专业水平还不够，且刚一露头角，就被埋没了。很多时候，兴趣就是这样被扼杀的。好在之后我又将兴趣重新捡拾了回来。

通过多年的捡拾石头实践，我总结了一下，捡石头这件事不能光靠兴趣和激情，还应当有一点基础知识来支撑，否则，捡来的石头无论是造型还是材质，有可能都差了好几个档次。

鉴于此，这几年，我一直在向身边的朋友、同事以及网络平台学习鉴赏石头的相关知识，防止弄出个“有眼不识荆山玉”来。

儿子出生后，当我捡石头时，常会带着他一起参与其中，试图培养他的兴趣和爱好。没想到，他还真的喜欢上了捡石头，继而产生了深厚的兴趣。

我一直觉得，抛开吸烟和喝酒，一个人有点爱好是比较好的，比如阅读、写作、摄影、书法、绘画、雕刻，再比如捡石头，这些至少可以陶冶一下情操。

二

儿子自从被我成功带入捡石头的行列后，每见山与沟，言必捡石头。

我们捡石头的范围也在逐渐拓展。

在居住的城里，南到大黑河，北到呼和塔拉草原，都留下了我们寻找石头的足迹。

之后，我们寻石的范围进一步向周边旗县辐射。

一次，我们和一位朋友开车到一个相邻旗县的山上去寻石，等到达目的地后发现，那里已进行了硬化处理，而半年前我们来时还是绿油油的山坡。于是我们将寻石变更为了爬山，虽然没有捡到石头，但儿子玩得很开心。只要到户外转转，就比待在家里强。中午的时候，我们还在当地一家饭店品尝了一道美味的大烩菜。

行程最远的一次捡石头行动，是我们开车到另一个旗县境内的一条山沟里。车上一共有三个人，我、儿子和我朋友。之前也曾去过这个地方，也听说过这个地方幅员辽阔，但当车子出了县城，行驶在平坦的路面时，我被一望无际的平原震惊了。在三个小时的车程中，几乎见不到车辆和行人，也看不到山丘，只剩下了“一望无际”。“一望无际”的另一层意思就是前不见头，后不见尾。这时才有点后怕起来，倘若车子出点毛病或是没了油，那才叫“前不着村，后不着店”啊。儿子也有点着急，不停地问我到了没有。

等到达目的地后，我们都长出了一口气。在沟顶平坦的地面上，许多黄豆粒大小、五颜六色的小水晶石静静地躺在那里。儿子高兴地捡着，一会儿的工夫，就是满满的一小把。

之后，我们进入到下面的沟内。站在沟里望前面不远处的深山，有一种阴森森的感觉。我问儿子害怕不，他说不怕。我们便沿着沟底寻找了一两个小时，期间捡到两三块比较满意的石头。朋友接了一个电话，是晚上约饭的。鉴于路程较远，为了不误饭局，我们便只能回去了。儿子有点恋恋不舍，还想再捡一会儿。我说等下次有机会再来吧，儿子才一步一回头地向车子走去。

三

自从儿子对捡石头产生兴趣后，每次回他奶奶家，只要我一提议，他都要和我一起到附近的山上转一转。

一次，我们在县城东面的一个小山丘上，发现了几块橡皮擦大小的玛瑙碎块，显然是一块大的玛瑙被打碎了。尽管这样，儿子还是显得很开心，毕竟这是他捡拾石头以来第一次发现的纯玛瑙，虽然体积有点小，且没有任何造型。

去年国庆节的时候，我们又在县城西北的山沟内溜达了一中午，收获是儿子捡到了几块红色的小玛瑙，最大的有鸟蛋那么大。几块小玛瑙造型不怎么特别，但都是完整的，自成一体。儿子高兴地揣在兜里，回去用清水洗净后，摆弄了半天。

四

虽然这几年我们从没有捡到一块特别像样的石头，但儿子在鉴别石头方面的能力在逐年提高。

每次把捡回来的石头洗干净后，儿子都要取出我从网上购买的照玉石手电上下左右照半天，看石头是否玉化，看光线能穿过多深。

每次照完后，儿子都会问我一句："爸爸，这块石头玉化得怎么样？"或者干脆自问自答："这块石头玉化得不错。"

儿子捡的石头当中，以水晶石为主。这里面有指甲盖大的，有核桃大的，也有拳头大的。因为水晶石结构的特殊性，每次用手电照射时，都会通体发亮，尤其是在晚上观看时，就像一盏发光的石头灯，煞是漂亮。

小石头捡得多了，放置这些东西也成了一个问题。为此，我专门买了几只体积较大的玻璃罐用来盛装。几年下来，在卧室的窗台上，几只玻璃罐已被陆续填充的小石头装满了。

有时，儿子会和我一起将窗台上的这些玻璃罐取下来，倒出里面的石头，欣赏上半天，再装回去。

捡石、洗石、照石、赏石、装石、倒石、再赏石……

也许，这就是一种乐趣吧。

小宇英雄

一

受动画片影响，儿子平时说话时，有时会不自觉地将动画片里的一些台词脱口而出。如《超级飞侠》中的“是时候叫出超级飞侠来帮忙了”“我是乐迪，每时每刻，准时送达”。

当然，台词被引用最多的，还属《熊出没》系列。儿子对《熊出没》的喜爱，是其他动画片无法比拟的。像《熊出没》系列的《熊出没之环球大冒险》《熊出没之丛林总动员》《熊出没之春日对对碰》《熊出没之冬日乐翻天》《熊出没之夏日连连看》《熊出没之秋日团团转》《熊熊乐园》《熊出没之探险日记》等，电影系列的《熊出没之夺宝熊兵》《熊出没之雪岭熊风》《熊出没之熊心归来》《熊出没·奇幻空间》《熊出没·变形记》《熊出没·原始时代》等，儿子都是重复着看，但重复看时儿子照旧能捧腹大笑。

由于对《熊出没》系列太过熟悉，儿子对里面的台词更是张口即来，如“熊就该有个熊样”“惹我光头强，熊熊变绵羊”“强哥不发威，你当我是病猫啊”“惹我光头强，揍你没商量”“保护森林，熊熊有责”……

最近儿子迷上了动画片《斗罗大陆》，对片中魂力强大、善良聪慧的少年天才唐三甚是喜欢，还对妻子说：“妈妈，我也好想成为一名魂师呀，打败那些坏人。”儿子和他的小姐姐、小妹妹在一起时，几个小家伙会装扮成强大的魂师，自称“小宇斗罗”“宇菲魂斗罗”“萱宝魂圣”，并使出自创的各种魂技将对方打败，玩得不亦乐乎，满屋都是线下版的《斗罗大陆》。

孩子们的世界就是这么“无敌”地存在着，让成人后的我们望尘莫及。

二

儿子对动画片里台词的念念不忘，让我想起了自己小时候的场景。

那个时候整个村庄都比较贫穷，在我该看动画片的年纪，村里没有一台电视机。等村里有了第一台电视机时，我们一群小朋友去对方家看电视时，需要每人交纳五分钱，但交钱之后观看什么内容，我们又说了不算，只能电视机主人看哪个频道我们就跟着看哪个频道。等家里有了第一台电视机，我们可以随意切换频道时，已过了看动画片的年龄，起步就是电视剧了。整个童年，我基本没有看过动画片。

那时，看完一部电视剧后，我们也要学着里面的台词，比画两

下。比如，看完《海灯传奇》后，就伸出一个指头在别人身上戋一下，边戋边嘴里念念有词——“二指禅”。

即便到了高中，当看完《黄飞鸿》系列电影后，我们也会一边踢腿一边喊几声“佛山无影脚”。

三

在把我或妻子当作攻击和比画的目标时，儿子嘴里也要念叨几句台词。有时，还不局限于动画片里的那几句台词，他还会自己创作一番，比如“小宇枪”“小宇刀”“小宇炮”“小宇英雄”“无敌小宇”“启动无敌枪”“无敌炮”“激光枪”“击中目标”“使出超级必杀技”……

伴随着这些闻所未闻的招式或“武器”，他的两只小手如狂风暴雨般快速地击打着我们，俨然一位武林高手。

看来，每个人的童年大致都是相似的，就像当年我听完单田芳先生的评书《童林传》后，经常会念出武林中那位排名第一的高手于和他那串气势磅礴的绰号——“横推八百无对手，轩辕重出武圣人”。当这十四个字一出口，我的拳脚也会在半空中比画几下，仿佛自己也成了武功天下第一的高手，又仿佛自己就是于和。

寸草心

一

儿子虽小，却懂得关心我和妻子。

在儿子三四岁的时候，就表现出了这一点。

有时，看见妻子干了半天活儿，儿子便跑过来说：“妈妈，你太累了，让爸爸洗碗吧。”

有时，儿子会突然问妻子：“妈妈，你工作了一天，是不是很累啊？坐到沙发上休息休息吧。”

有一次，妻子正叫我起床，儿子赶紧对妻子说：“爸爸每天写东西，睡得晚，让爸爸多休息一会儿吧。”

听后，全是感动。

想想自己小时候，除了“憨吃愣害”，还是“憨吃愣害”，哪懂得关心父母？

儿子，就是爸妈贴心的小马甲。

二

一天，我正在午休，迷迷糊糊要睡着的时候，感觉有人往身上盖被子。睁眼一看，居然是儿子拿着一床薄被子正往身上盖呢。

在新冠肺炎疫情刚刚得到控制的时候，妻子有时候不到单位的食堂吃午餐，而是带一小罐八宝粥。一日，儿子起床后拿起两罐八宝粥、两袋雪梨茶、一些饼干和果丹皮径直放到了妻子的书包里，说："这是给妈妈准备的午餐和零食。"

三

在记录儿子成长的笔记本上，有着这样的文字：

2014 年 12 月 16 日　晚上，妻子肚子里"咕噜噜"地响了几声，儿子听到后，立即说了一句："妈妈吃点饭吧。"彼时，儿子才两岁零三个月多。

以下前四段文字记录于 2014 年 1 月 1 日至 2014 年 12 月 15 日：

儿子见他奶奶坐在光着的塑料凳子上，对奶奶说："奶奶坐垫子，凉。"

儿子见我出门时外套的拉锁没有拉上，马上跑过来说："爸爸把拉锁拉上。”

妻子下班回家后，一进门，儿子便把自己的小水壶递给妻子，说：“妈妈下班回到家，妈妈辛苦了，快快坐下喝杯茶。”当妻子接过水壶时，儿子显得很开心，用他粉嫩的小脸贴在妻子的脸上。

儿子每天在我和妻子下班进门后，马上帮取出睡衣让我们换上。在母亲帮照看儿子的那段时间，每天的中午下班时间，儿子和母亲就坐在阳台窗户的玻璃前，看着我走进小区，走到楼下，并和我挥手致意。等听到我上楼梯的脚步声时，儿子迅速跑过来把门打开，冲着楼道大喊：“爸爸，爸爸。”当妻子回家时，儿子同样飞快地跑到门口，给妻子开门，并冲着楼道大喊：“妈妈，妈妈。”在儿子幼小的心灵里，让爸爸和妈妈早点下班回家，是他一天中最大的期盼。

2014 年 12 月 19 日　儿子拿着玉米对妻子说：“妈妈吃大的，小宇吃小的。”然后给了妻子一根整玉米，自己拿起半根玉米。其实不单是玉米，儿子每次有好吃的时，都会给他妈妈往嘴里送一个，边送边说：“妈妈一个大的，小宇一个小的。”如果我不在家时，儿子就会给我留一份好吃的，等我回来时再吃。

2014 年 12 月 22 日　妻子加班很晚回到家，问儿子：“想妈妈没有？”儿子用小手指着肚子说：“想妈妈。”然后扑入妻子怀中，把小脸贴到她的脸上。

2015 年 2 月 8 日　妻子站在椅子上擦拭书架，儿子说：“妈妈小心，看掉下去了，小宇给扶住。”说完，儿子用两只小手抓住了椅子的靠背。

2015 年 2 月 24 日　我正在床上躺着准备午休，儿子对我说：

“爸爸盖被，小心凉着。”

2015年6月29日　妻子正准备穿鞋上班，儿子把小凳子搬了过去，说:“坐。”妻子开门准备走时，儿子又说:“妈妈，拜拜。坐K2倒66路，中午见。”在妻子上班期间，这些话儿子每天都会说两遍。两遍的不同之处是，早晨说的是“中午见”，下午说的是“晚上见”。其实儿子很不想说这两句话，他盼望的是妈妈每天不上班，在家里陪着他。

2015年6月29日　妻子连续加了几个班，很晚才回家。儿子问妻子：“妈妈怎么不好好回家？”

2015年9月13日　儿子对妻子说：“小宇长大给妈妈做这种饭（炒饼），好吃。”

2016年1月4日　儿子躺在妻子的身边，摸着她的脸，轻轻地说：“美美的妈妈，亲亲的妈妈，美味的妈妈，可爱的妈妈，嘟嘟的妈妈。”儿子是想把天底下最美的词汇都用在他妈妈身上，但受年龄和词汇量的影响，暂且只用了这么多。

2016年11月16日　妻子加班后回到家，感觉头晕恶心，西部区叫“发霍乱”。儿子赶紧把蓝色的小毯子折成长条，盖在妻子的脑门上，用小手帮妻子捂着脑门。一会儿儿子跑到床边问：“妈妈，需要吃点东西吗？”“妈妈，需要起来走一走，放松一下吗？”一会儿儿子又把他心爱的音乐玩具放在妻子的耳边，一会儿又问：“妈妈，好些了吗？”

2016年12月25日　妻子明天要从深圳出差回来，儿子显得很兴奋，对我说：“我明天早晨不吃饭，我明天中午也不吃饭，也不睡觉，我要等下午接上妈妈晚上一块儿吃饭。”过了一会儿，又说：“爸爸，怎么天还不亮？”（老爸注：此刻是晚上七点半。）

2018 年 4 月 10 日　儿子说：“我长大要当一名作家，出一本书，开一个书店，挣好多钱，然后准备一个信封和一个盒子。盒子装硬币，信封装钱（纸币），然后给爸爸、妈妈寄过去，让你们买好吃的。我还要把钱寄给爷爷、奶奶、姥姥、大姨……我要一天当作家，一天当画家，让爸爸和妈妈一天买好吃的，一天看画，无限循环。”这是我唯一一次听儿子说长大要当作家，再之后，他就说长大不当作家了，要当一名画家。

以下两篇文字由妻子记录：

2018 年 8 月 10 日下午

我去姐家接儿子，一进门，儿子就搂着我的脖子唱道：“你对我是如此的重要，如此的重要……玉米也没什么大不了……”

我问：“妈妈对你有多重要呀？”

儿子回答：“无限重要。”

我心里顿时暖暖的。

晚上回到家里，儿子又为他爸爸演唱了这首自己作词的《你对我是如此的重要》。

2018 年 11 月 22 日

今天是感恩节。幼儿园组织了丰富多彩的活动，唱感恩歌、儿歌，送贺卡，品美味。儿子说今天是最棒的一天。儿子在送给爸爸妈妈的贺卡上写着：“祝妈妈、爸爸永远快乐——永远爱你们的小宇。”

四

一次我们和儿子在睡前聊天，先是从外星人聊起的。

儿子说他很害怕外星人，我说外星人没什么可怕的，如果真有的话，和我们一样，也是人，只不过是生活在别的星球上。儿子说外星人技术先进，容易把我们抓走，然后紧接着问："真有外星人吗？"我说："从理论上讲，外星人应当是存在的。宇宙这么大，星球那么多，地球只不过是宇宙中的一颗星球，而宇宙中的星球有无数颗。既然地球上有生命存在，就不能排除和地球类似的星球上也有生命存在，只不过我们的科学还不够发达，发现不了。"儿子听后，有点害怕，抓着我的手又问："那就是真有外星人了？"我一看儿子真的害怕了，赶紧又拐了回来："应当没有吧，我是说的假设。"专家教育我们，晚上睡觉前要让情绪平缓，所以在睡觉前不能吓唬小孩儿。

接着我们又聊到了生老病死。我说："人和植物一样，出生时就如植物的破土发芽，年轻时就如植物的枝繁叶茂，年老时就如植物的发白枯黄，死亡时就如植物的枯萎凋零，一股大风过来，就吹折了。所以人的生老病死是正常现象。"儿子听完后突然泪流满面，把我和妻子吓了一跳。我们赶紧问他怎么了，儿子回答说："我不想让爸爸妈妈死。"

我们也许永远都不会知道，孩子的内心世界里究竟在想些什么。

五

在新冠肺炎疫情期间，我和儿子达成的午休协议是，他看三本漫画书，我睡觉。他的看书时间是我的睡觉时间。他书一看完，我就起床。除了看漫画书，有时儿子也会在我午休的时候，重新拼装一些玩具，这个时候，我一般都会告诉儿子在半个小时以后叫醒我。一次，我居然睡到了自然醒。一看时间，整整睡了一个多小时。我问儿子：“你怎么在半个小时的时候没叫爸爸？”儿子回答说：“为了让爸爸中午多睡一会儿，我特意多玩了一会儿玩具。”

儿子真的懂事了。

小学一年级

一

以前觉得“时间过得飞快”是一种夸张的说法，现在才体会到，这句话其实是一种真实的陈述。

一转眼的工夫，儿子已到了上小学的年龄。

儿子原本在之前的一年就可以入学的，但考虑到男孩儿发育较慢，早上一年存在适应学习环境、自我管理等方面的问题，我和妻子商量后，决定让他晚一年上学。于是，在这个年龄，儿子迈入了小学一年级。

二

一年级在课程设置上，上午较多，下午较少。上午一般都是四节课，外加一项晨读，所以将每门课的课本以及与之相匹配的练习册、作业本都带上，再装一个里面满是铅笔和橡皮的文具盒后，一个容量本就很大的书包便被撑得鼓鼓的。在书包的外侧是一个装满了热水的水杯，这样一来，整个书包的重量将近十斤。

开学期间，每周的星期一到星期五，儿子都背着这个将近十斤的书包，从校园外一步一步向班级走去。由于怕迟到，儿子走进校园后的步伐明显在加快。于是，一幅很不协调的画面出现了：儿子弓着腰，向前俯冲式地行走着，背上的书包却沉甸甸地一起一伏向后仰着，拖着他的后腿。在快到班级门口时，儿子小跑起来，一溜烟儿冲进了教室。

一次，儿子肚子有点痛，走起来挺吃力。我怕他迟到，问："爸爸背上你走吧，我走得快，几分钟就到校园门口了。"儿子下意识地瞅了瞅四周，说："不用，我自己走吧。"看他表情，我知道他有点难为情。他懂得害羞了。时间往前推一年，有时趁我弯腰时，儿子会"嗖"地一下爬到我背上，让我背着他走。时间再往前推几年，当儿子从幼儿园放学或到户外游玩时，"妈妈抱""爸爸抱"是频率最高的语句。儿子说大就大了。

每次我和妻子把儿子送到学校指定的画线区域时，儿子都会问一句："现在几点了？"我们告诉儿子，"迟到不了，还有几分钟呢。"儿子听后点点头，跨步迈入学生通道。儿子在前面走，我和妻子在后面一直看着，等他进入校门后，我们也拐入一个与校园仅有一墙之隔的小区里，透过铁栅栏与儿子平行前进着。儿子的教室正好与这个小区对着，借着教室明亮的窗户，儿子从走进班级到坐到座位的一系列动作，我们尽收眼底。等儿子从书包里取出书本时，我们转身离开了。

三

每次看到儿子负重前行与行色匆匆的样子，我就会想起自己的小学时代。

那时候，我们的课程很少，一年级只开两门课——语文和数学。课程表上，基本由三个词汇构成：数学、语文、自习。在课程表设计上，充分运用了数学中的排列组合法，如，星期一上午“语文、自习”、下午“数学、自习”，星期二上午“数学、自习”、下午“语文、自习”，星期三上午“数学、语文”、下午“自习、自习”……

在一个黄绿色的帆布书包里，只需装两本书加一个文具盒即可。我隐隐约约记得，当年我们的书包里没有与课本对应的练习册。整个并不太大的书包里，显得空空荡荡。一节课下来，课本被勾画得面目全非。如果说勾画课本属于“毁容”范畴的话，比“毁容”更严重的事情还有，那就是撕书。与“毁容”相对，撕书应当属于“灭迹”了。

那个时候，小朋友间流行一种叫“打宝”的游戏，将两页纸分别对折后，再将两头各折一个角，然后将两页纸十字交叉，将四个角依次别在一起，一个“宝”就制作成功了。两个人“打宝”时，一方如果能用自己的“宝”将另一方躺在地上的“宝”打得翻个儿，那就赢了，可以将地上躺着的那个“宝”拿走了。起先，小朋友们的“宝”基本上都是用废旧报纸做的，废旧报纸用完后，就用不再使用的旧课本，不再使用的旧课本用完后，有人就将目光盯上了正在使用的课本。撕课本不仅需要胆量，还需要策略。按照重要程度排序，只能先撕书皮，因为这只是个门面，老师在课堂上也不讲书皮。接着再撕正文前面的那几页彩色插图，插图毕竟不是正文，重要性又弱了一些。当“撕无可撕”时，只能撕已经学过的课文。这一点有点像赌徒，当身无分文时，就会铤而走险。但一个底线是，老师还没有讲解的课文不能撕，撕书的进度不能快于老师讲解的进度。就这样，等一个学期结束时，课本也就基本撕完了。当老师发现有人在课堂上居然“光听不看书”时，就会问一句：“你的书呢？”对方回答：“丢了。”老师甩出一句：“你怎么不把头也丢了？”然后愤愤地走开了。当然了，撕课本是不对的，后来大些了，我们就懂得要爱护课本了。

按照老师的要求，儿子的课本都换上了漂亮的书皮，连练习册都包装了皮子。一个学期下来，课本、练习册、作业本保护得都非常好。而彼时的我们，一个学期结束后，书角已朝着一个方向整体卷曲，其夸张之程度像一位经历了百年沧桑的老人。

时代不同了。

四

儿子个子较高，站在那里比一些二年级和三年级的学生还高，有时从校园进入班级时，会被值周的高年级学生拦住，对方问：“你的红领巾呢？”儿子说：“我一年级，没有红领巾。”对方一脸的不屑，说一句：“每次你们不戴红领巾，都说是低年级的，哼！”

儿子也不申辩，径直向班级里走去。

五

儿子放学回家后的第一件事情，就是写作业，等写完作业后才去干其他的事情。这一良好习惯的形成，应当归功于妻子。

在幼儿园期间，每到放学，妻子就指导儿子先把作业完成。当时儿子也是很不情愿，边写作业边惦记着玩耍的事情。等作业写完时，能用三四十分钟。但经过几年的坚持，这一习惯终于在上小学时养成了。

一次，儿子放学后，我说带他去参观一下隔壁小区里的体育器械，他有点不情愿，说还没写作业呢。我说看完后再写作业也不迟。在回来的路上，儿子有些抱怨，说要是不看这些体育器械的话，作业早写完了。

一天晚上，我们要去参加一个家宴，儿子作业只写了一半，哭着不去，说要写作业，我说回来再写也行，他说不行，必须先写作业。最后在妻子的劝说下，采取了一个折中的办法——把作业本带上，在开饭之前完成。儿子说到做到，开饭之前，在餐桌上完成了他的作业。

在新冠肺炎疫情期间，老师在网上布置作业，妻子每天早早起来将这些作业拉一个清单，抄写在一个小本子上，怕儿子写作业时有遗漏。儿子每天早晨一睁眼，就问："妈妈，老师把作业发到网上没？"得到肯定答复后，他立即穿好衣服，走到自己的书桌前，开始写了起来。等把所有的作业都完成后，才开始洗脸、漱口、吃早餐。

我很佩服儿子的这种自觉。

我们上小学的时候，对于作业，一贯以"拖"待之，能拖一会儿是一会儿，不到万不得已，绝不轻易动手。每天放学后的第一件事情就是玩儿，等玩到黑灯瞎火母亲站在屋外喊吃饭时，我才恋恋不舍地与小朋友们告别，并相约明天放学时，再接着玩儿。吃饭后，我能磨蹭则磨蹭，边磨蹭边评估着那些作业大约需用的时间，约莫着时间差不多了，才趴在煤油灯下开始奋笔疾书。

那时的小学寒暑假作业是一个大本练习册，数学、语文各一册。从放学第一天起，母亲就催促我们每天要写几页作业，我们均以“时间有的是”为借口，并不付诸行动，还信誓旦旦地保证“就那么点作业，连续两天不出门就写完了。”放假的日子总是那么短暂，就如上学的日子总是那么漫长一样。眼看着临近开学已没有几天了，我们还心存侥幸地预判着在开学那天一定能够完成作业。等离开学只剩下两三天的时间时，突然有了危机感，有点茶不思饭不想的感觉，甚而睡眠也有点不踏实，于是开始“突击工作”。当白天有小朋友站在大门口喊着我们的名字想一起玩耍时，只能一脸沮丧地回道：“这几天出不去了，得写作业。”对方悻悻地转身走了，我们也悻悻地转身回了屋。那个时候，我们觉得普天之下最讨厌的对象莫过于两样，一是作业，二是留作业的人。

所以，每每看到儿子对待作业的认真态度，我就感到一脸的惭愧。

六

下面是妻子写的一篇日记：

2019 年 12 月 29 日

今年 9 月份儿子上小学一年级了。小家伙对环境的适应，比我想象中要快。每天早上看着小小的身影背着一个大大的书包，快步走入校门时，我心里总是空落落的，有点不知所措，总觉得时间过得太快了，眨眼间儿子都可以独立入校了。

总觉得他还是那个整天缠着妈妈、爸爸不放手，让送到班级座位上的儿子。很快，儿子也会步入中学、大学，步入社会。好喜欢宝贝依恋的感觉，就像儿子说的——“永远都不要离开爸爸、妈妈，直到你们死了。”

上学了，你的成长，妈妈都看在眼里。这期间，你学会了处理和同学间的关系，学会了与同学交换物品，学会了独立完成作业（但还是有点小粗心）……

今天，聊到了娶妻生子的问题，儿子说他成家后想要个男孩儿，老师说女生小心眼，还是男生好。以后他儿子的名字就叫刘青，小名叫小鱼儿。

儿子还说：“我不敢娶媳妇，因为上台还要说‘我爱你’，我不敢呀！”

小孩子的心思永远都猜不到，也不要猜。

老爸批注

2014 年 12 月 21 日

儿子对我说：“爸爸，别看手机了，费电的，看坏眼睛呀”。

老爸批注：看来我得向儿子学习。

2015 年 2 月 1 日

儿子和岳母说：“我给姥姥买一台洗衣机，买一辆车。”

岳母问：“小宇能挣多少钱呀，买这么多东西？”

儿子回答：“拿爸爸的钱买呢。”

老爸批注：哈哈。

2015 年 2 月 14 日

儿子问：“爸爸，刮完胡子没？”

我说：“刮完了。”

儿子又说："那咱们就玩卡片吧。"

老爸批注：我还以为关注我刮胡子呢，原来是等着和我玩卡片呢。

2015年2月14日

岳母："小宇别拧水龙头，又费水，又费钱。"

儿子："小宇没有钱，小宇有卡了。"

老爸批注：反正都一样啊！

2015年3月17日

儿子对我说："爸爸帮小宇拿电池。"我说："好的。"儿子又说："爸爸帮小宇拿啥了？"我说："电池。"

老爸批注：这小家伙，知道我记性不好，怕我忘记了，特别强调了一下，还使用了反问句。

2015年9月27日，中秋之夜。

妻子说："一会儿洗葡萄，拿月饼，给月亮吃吧。"

儿子回答："不行，月亮没有嘴，吃不了。"

老爸批注：说得也对。

2016年6月30日

儿子在车上把饮料洒在了后座上，不好意思地说："对不起，爸爸，我把饮料洒了。"

我说："没事的。"

老爸批注：和老爸还这么客气？

2016年12月26日

我带着儿子去机场接妻子，在候机大厅等待的过程中，一个小女孩把手表掉在了地上。儿子指着地上的手表问："这是谁的？"我说："应该是刚才那个小女孩的。"这时，那个小女孩和她妈妈正朝前面的卫生间走去。儿子赶紧捡起手表追向了那对母女。小女孩和她妈妈走得很快，我们边追边叫，这对母女居然没有听见。等我们追到卫生间门口时，两人走进了卫生间。这时出站口已有乘客从里面走了出来，为防止妻子出来时找不到我们，我和儿子又赶紧跑回了出站口。大约过了五分钟的时间，儿子突然对我说："爸爸，我看见那个小女孩儿，手表！"然后跑过去追上了那个小女孩，把手表给了对方。

老爸点评：拾金不昧，好孩子！

2017年6月15日

儿子说："妈妈，和我涂颜色吧，你要是再看手机，你会戴更厚的眼镜片。"

老爸批注：说得对。

2017年7月5日

儿子给他妈妈讲解数字"5"。儿子用小手指着数字"5"说："作为真正的5，要有真正的规矩，要有5的标准写法。"

老爸批注：这认真的样子，有老师的范儿。

2017年9月9日

我逗儿子："你觉得妈妈长得漂亮吗？"儿子回答："妈妈生气时很丑，妈妈不生气时很漂亮。"

老爸批注：我觉得儿子说得对，具有辩证法思想。

2018 年 7 月 14 日，星期六。

儿子说："一会儿去大姨家找姐姐玩儿。"

我问："为啥一到星期六你就要去找姐姐玩儿？"儿子幽幽地回答："没伴儿呗！这还用说吗？"

老爸批注：老爸很无语。

2020 年 1 月 2 日

儿子今天做数学卷子，做完后自己进行了检查，并检查出一道错题，显得很开心。这是他第一次自己发现问题。

老爸批注：比你爸当年强。

2020 年 4 月 5 日

儿子在听写生字。听写的四十多个生字中，有五个不会写。在妻子的提示下，儿子都完成了，但过程中儿子显得挺生气，写完后就看动画片去了。看完动画片后，儿子过来和妻子说："妈妈对不起，我要和你道歉，我刚才的态度不好。"然后儿子给妻子讲了一个故事，说从前有个妈妈和他儿子生气……这个妈妈就是妈妈你。然后，妻子也向儿子道了歉，承诺以后在儿子学习时也不生气。然后两个人相约一起努力。

老爸批注：这两个孩子！哈哈。

后　记

一

儿子平时老爱缠着我与妻子和他一起玩儿，口头禅有两句，第一句是“爸爸（妈妈）陪我玩儿”，第二句是“咱们玩啥呀”，两句呈递进关系，一环紧扣一环。当得知我已正式开始写一本关于他的书后，儿子便变得克制起来，尽量不来打扰我，而是去找他妈妈玩儿，或是自己找个项目自娱自乐。有时，他会蹑手蹑脚走到我的屋子门口，探出头来，悄悄看看我是在写作还是在看手机。当确定我是在写作时，他又蹑手蹑脚退走了。如果发现我从屋子里出来干别的事时，他就会抬起头问一句：“爸爸你没写？”

儿子的这些举动，给了我莫大的鼓励，也给了我同样的压力。

二

我从家里到单位帮扶点驻村工作时，因航班的缘故，有时需要五点半就起床。冬季的这个时候，窗外一片漆黑，繁星点点，儿子正在睡梦中。

儿子知道我第二天要走，头一天晚上就和我约定："爸爸，你走的时候把我叫醒，我要和爸爸说再见。"一次，当我走的时候，看着熟睡中的儿子不忍心叫醒他，于是轻轻关上了门。早晨八点多钟时，妻子打来电话说："你和儿子说几句吧，哭得不行，问你走的时候为什么不叫醒他。"我赶紧在电话里解释了一番，并承诺以后再走时，一定把他叫醒说再见，儿子这才止住了哭声。自此以后，在我凌晨出门前，都会把睡梦中的儿子叫醒。每次，儿子都会睡眼蒙眬地和我说："爸爸再见。"然后，他就把头转了过去。我不知道他扭过头去，是接着睡着了，还是在偷偷掉眼泪。

最初我从帮扶点回来，儿子都要问："爸爸，你啥时候就不用去了？"我说半年以后就不用去了。半年以后，我又回到了帮扶点。儿子又问："爸爸，你不是说半年以后就不用去了吗？"我说："单位还想让爸爸再干一段时间呢。"儿子问："那你还得干多长时间啊？"其实，单位又和我谈了几次，希望我能坚持到 2020 年年底，等脱贫攻坚工作结束后，我再回来。我只能安慰儿子："快了，快了，估计过段时间爸爸就能回来了。"儿子接着又问："过段时间是啥时候啊？"我说："具体时间爸爸也说不准，应该是快了。"儿子见没有明确的答复，便不再问了。

受新冠肺炎疫情影响及脱贫攻坚进入"百日攻坚"工作的需要，2019 年一个月基本能回一次家的惯例在 2020 年也被打破了。年后来到帮扶点，我一度连续三个月没有回家。期间，儿子多次问妻子：“爸爸啥时候才回来啊？我很长时间没有见爸爸了。”妻子说：“你想爸爸就和爸爸视频吧。”儿子回答说：“我想和爸爸一起玩儿。”有些事情，不是视频能够解决的。

三

儿子也很辛苦，每天早上老师在钉钉上一发学习内容，我就叫他起床了，大约是 7 点 40 分。我陪他写完作业后再去单位。大部分能做的题，我都在前一天的晚上让儿子做完，要不第二天早上时间太短，来不及。不过，小家伙也很配合，就是老说我在辅导作业时态度太强硬了，其他时候都是最最温柔的妈妈。今天早上儿子还说，要是爸爸在家就好了，如果你辅导作业对我厉害时，爸爸还能说说你。

儿子可亲啦！前天我加班回家晚，还说妈妈好辛苦呀，我给妈妈画一幅画。然后儿子就给我画了一条酷酷的彩色小蛇。

这是妻了和我聊天时，发给我的信息。
儿子确实长大了，知道了妈妈的辛苦。
这让我很是欣慰。

四

我到帮扶点工作后，家中大大小小、里里外外的事情全部撇给了妻子。好在有岳母在家，能帮衬着妻子。妻子在单位忙碌一整天后，下班回家的第一件事就是检查辅导儿子的作业。

因这是一本非虚构作品，又是记录儿子成长的书，对书中的每一个细节，我都力求原汁原味地还原当时的场景，生怕有任何的偏差。这也是我写作以来最谨慎对待的一本书，甚至达到了谨小慎微的地步。

妻子在中午休息或晚上下班后，对书里的每一篇文章都逐一进行了把关，并对部分文章进行了较大幅度的修改和补充。

在此，对妻子和岳母表示感谢。

儿子在平日里创作的图画，为这本书增色不少，我表示感谢，关键还没支付他稿费。

最后，感谢凌翔老师和所有参与此书排版、编辑、校对的老师们，正是由于你们的厚爱与辛勤付出，才让这本书得以面世，并眉清目秀。

刘霄　于呼和浩特